U0082954

美好生活，其實很簡單

——韓良露和李漁的「閒情偶寄」

韓良露——著
朱全斌——插畫、攝影

推薦序

口齒留香——韓良露和李漁的「閒情偶寄」

蔣勳

韓良露寫李漁《閒情偶寄》的文字以前零散看過，這一次把整冊文稿帶在身邊，在旅途中一篇一篇重看，特別有趣味。

旅途第一站在舊金山奧克蘭（Oakland），朋友邀我去一家叫 Chez Panisse 的餐廳，吃到當季、當地極新鮮有機種植的櫛瓜花，拌著醃製橘皮絲，吃著吃著就想念起良露來了，她在許多書裡強調的也就是「當季」、「當地」。

良露走得突然，許多人懷念她，懷念她書寫生活裡的點點滴滴，吃的、住的、露台上種的花草、二十四節氣的變化，旅途中一個一個城市的食衣住行，不同的傳統文明，人如何在小小生活瑣事裡積累出文明的厚度。

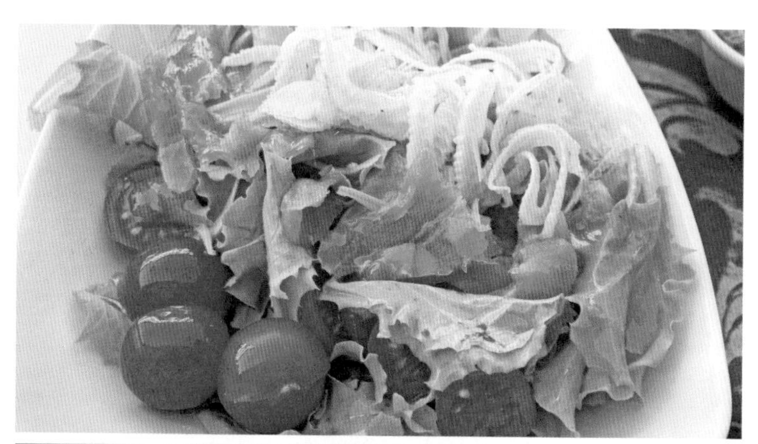

是的，小小的生活中的瑣事。她好像都不談大事情，許多人因此先入為主，把良露歸在「美食家」，好像她只關心吃。

吃，的確是她關心的，民以食為天，她卻像是藉著吃做基礎，推動著生活的品味。從吃出發，擴大成為對生活整體「品味」的關心。

「品味」自然是文明的基礎，吃的品味，穿的品味，住的品味，交通的品味。沒有「品味」，現代城市暴發戶式的繁華、粗鄙、無教養，其實連繁華也稱不上，只能說是錢堆出來的冥紙般金光閃閃的荒涼吧，比樸實的農村荒涼，比幽靜的小鎮荒涼。那樣賣弄誇耀「富豪」的粗鄙，只是讓人性難堪，令人性悲哀吧。李漁在強盛富庶的清代盛世，提出「閒情偶寄」，讓暴發戶的難堪學習品味，韓良露在二十一世紀突然暴發的兩岸，也在思維「品味」的艱難吧。品味艱難，只好從比較容易的吃開始談起。

有一次剛從托斯坎省回來，跟良露談翡冷翠大火炙烤牛排的壯觀，她興沖沖就從翡冷翠的牛排談到十四世紀這個城邦如何打敗強敵錫耶納（Siena）。

大凡接觸歐洲文藝復興時代的建築繪畫雕刻，大多對托斯坎省這兩個城邦都會很熟。我去過無數次，在錫耶納的貝殼廣場看當時的市政規劃，看幾個商業家族領先建立世界最早的銀行納稅系統與選舉制度，畫家勞倫采蒂（Lorenzetti）在市政廳牆壁上已經描畫出完整宏觀的市政管理藍圖，然而，歷史上一直疑問：為什麼錫耶納失敗了？敗給了原來落後於它的鄰邦翡冷翠，失去了領導文藝復興運動的歷史契機？

我去了很多次錫耶納，去了很多次翡冷翠，也在翡冷翠吃了有名的大火炙烤牛排，第一次聽到良露像巫師一樣慧黠地說起翡冷翠牛肉與戰爭的故事，現在回味還是興趣昂然。

她不是冬烘式的大學歷史教授，沒有閉鎖在假知識的井底，她不負責歷史解讀的虛假理論脈絡，她津津有味地說那大火牛排的滋味，彷彿十分惋嘆錫耶納人的文明裡少了這一項豐富有生命力的「品味」。

朋友都知道良露熱衷占星術，迷戀神祕主義，迷戀古老巫的文化裡豐富的心靈世界。她的確像古代的巫，出神的時候，說起話來不容易停。我一旁觀察，常覺得有異靈附身，有時說著說著她忽然戛然而止，彷彿那靈走了，她就像洩了氣，

不想用人間的肉身說話，一下子安靜下來。

她常常讓我想起遠古在龜甲牛骨上鐫刻卜辭的「巫」，留下歷史上刻骨銘心的吉凶。

人類在漫長演化的文明中，或許有許多不同感知的能力，我常常想像神農嘗百草的年代，把每一種植物放在口中品嘗，甜、甘、酸、辛、辣、苦、澀、嗆——現代社會語言裡愈來愈扁平無感的字，原來是一根一根草、一片一片葉子放在口腔裡慢慢咀嚼出的滋味。那樣豐富多變化的味覺層次，語言文字其實是不夠用的。沒有味覺，不懂品味，文字語言也都乾巴巴，貧乏而無趣味。

現代學校教育依賴文字，好詭辯，美其名叫做「邏輯」、「理性」、「思維」，最後狹窄到只剩口舌狡辯。複雜人生一律簡化，只剩下是非題和選擇題，非黑即白。不知道視覺系統裡光是「白」，視網膜上就可以歸納出至少四百種變化，甜白、象牙白、月白、珍珠白、米白、銀白、粉白……。與感覺系統有關的味覺、嗅覺、觸覺、聽覺，和視網膜一樣，充滿豐富的層次，我們可以單憑嗅覺辨認一萬多種的記憶，這些都被現代教育排斥在青年成長的門外了。學校教育，是非與選擇，簡化了人複雜的感知能力，把人當機器，是非選擇做得愈好，愈像機器，感覺系統愈是呆滯貧乏。現代學校教育因此出產一批一批無感覺、無趣味、無生命活力、面目可憎偏狹的知識分子，除了分數，一無所有，自命不凡，貧血冷酷，見之如見骷髏，令人恐懼。

良露的文字是有溫度的，如同李漁，相隔三百年，他們如知己，良露有閒情，李漁也有閒情，他們大概都鄙視藉口沒有「閒情」而把生活搞得一塌糊塗的知識分子吧。

知識貧乏到沒有閒情，十七世紀李漁已經在警告，到了二十一世紀，良露再次提醒，沒有閒情把生活搞好，其實沒有文明可言。如同人貧乏到只剩下「知識」，連一小塊可以眺望城市的露台都沒有，何來文明？不知季節冷暖，聽不見風聲雨聲，看不見門前月光（閒），嗅聞不到草花日光之香，冷暖無心，不關痛癢，要空洞虛假的知識何用？

良露在南村落時代辦了很多活動，不講空洞理論，邀請有經驗的匠師，帶領大家品味生活。我對蔥開煨麵極感興趣，因此報名參加了天香樓保師傅的課。蔥開煨麵是淮揚料理，以前出身空軍的主廚有過很好的蔥開煨麵。這些年廣州街附近一間小館也還有道地蔥開煨麵。我的好奇是這麵看起來就是蔥和一點蝦乾，但湯底醇厚，覺得一定有玄機。那一堂課領悟很深，知道簡單的蔥開煨麵，湯底要用小火熬魚，連頭帶尾，煮一天一夜，魚煮糊了，剔去魚肉魚骨，純用濃郁湯底下麵。麵也要用小火「煨」。「煨」這個字，像愛人耳鬢廝磨，這樣慢火慢煨的心情，恐怕要絕跡了。

「煨」不能用急躁大火，小火慢慢煨，要有時間，有耐性，有閒情，讓小火裡的濃郁湯汁「煨」進麵裡。「煨」像一種親密的滲透，不懂「煨」，菜不入味，人生也一樣浮泛貧乏，上床做愛，也少了肉身依偎之親，「煨」即是「偎」，不懂料理中小火慢「煨」，也不會懂人與人的依偎，沒有溫度，沒有親暱依靠，如同速食，只有表面沾醬，吃了就走，內裡全無滋味，事後也無回味。

教了幾十年大學，很後悔，早知應該多帶著學生燒菜。課綱一改再改，無關乎品味，人還是一樣粗糙，不如從「煨」學起，或許保師傅的「煨」可以讓學生領悟更多。

以前吃蔥開煨麵，總心裡納悶，不知道為何好的煨麵，蔥可以如此焦香。那一堂課才恍然大悟，熱鐵鍋燒到火紅，一大盆蔥下去，不可以攪動，就讓蔥在大火極燙熱高溫的鐵鍋中綻放又收縮，釋放出焦香，只要一動鏟子，熱度降低，蔥就不開了。

材料如此簡單，蔥開煨麵裡有狂野，有細膩，有潑辣，有溫柔，彷彿真正的人生。五味雜陳，講的是料理烹調，也講的是人生況味。

良露和李漁的料理都不繁瑣，最簡單的料理，藏著最重要的經驗與智慧，李漁如此講他的料理，韓良露也如此講她的料理，所謂玄機也就只是簡單二字。簡單是一種專心，現代人好像關心很多事，東說西說，事事都有意見，卻可能沒有一件事有真正的專心，聒噪喧囂，卻無一點內蘊，就離「煨」這個字十萬八千里了。

華人傳統講「火候」，畫畫、寫詩、做人都是「火候」，大概多來自料理的經驗。

看人吃東西，品味即一無遮掩，一人口沫橫飛，說得天花亂墜，只要看他面前如此粗糙對待一碗蔥開煨麵，大概也就知道了八分，人品高低，也就不想分辨什麼，淡淡一笑也就好了。

我讀李漁，讀韓良露，都常常有淡淡一笑的快樂。

良露在這本書裡轉引了李漁說明代康海（對山）的一段故事。康海建造房子正對北邙山，一眼看去都是墳塚，客人來他家，看了不舒服，說了一句「對此景，何以為樂？」

每天看墳墓，怎麼會快樂。

康海回答說：「對此景，乃令人不敢不樂。」

李漁很讚賞康海「不敢不樂」的生命哲學，死亡當前，不敢不樂，良露也很讚賞李漁「不敢不樂」的閒情，很仔細記錄下李漁教人如何四季行樂的方法。

我跟良露的童年、青年時代大概都受夠了威權式的教育，在本質上，威權教育總要求國民要「熱愛祖國」，台灣這個島嶼恰好有過不同的「祖國」，為了「祖國」可以吵翻天，父子兄弟反目成仇，日日喧囂「為祖國而戰」，都不要過日子了。

李漁是經歷過明代滅亡的，滿州人入關統治，下剃髮令，留髮不留頭，許多人真為此死了。按照儒家的忠孝，李漁也是應該要殉國的，但他活下來了，剃了髮，留了辮子，做了清帝國國民，「不敢不樂」，因此很認真吃好東西，寫他的《閒情偶寄》。

按照忠孝說法，台灣「熱愛祖國」的國民，清帝國把台灣割讓日本時，就應該殉國一次，到日本戰敗，又應該要再為「祖國」切腹自殺一次。如果是原住民族，那些「祖國」更讓他們啼笑皆非，他們幹嘛要熱愛你們的「祖國」？

即使有委屈，如果大多數人沒有自殺殉國，說明「祖國」還是沒有活下來重要。如果都活下來了，活到九十幾歲，經歷一次一次亡國，說明「熱愛祖國」可能還是幌子。「祖國」也就留給狡猾政客們去唬弄人吧。

李漁做過明朝人，明朝亡了，該死沒有死，不敢不樂，他就在清帝國的統治下寫他的《閒情偶寄》，告訴你筍要怎麼吃，每年沒命攢錢，等候十月吃蟹，帶著一個小戲班流浪大江南北，到處演自己新編的戲。

我初識韓良露是在上個世紀末了，是真正威權時代的尾巴，台灣禁忌很多，歐洲好一點的電影都在禁忌之列，良露那時二十歲上下吧，就帶著一批好電影，四處放給大家看，許多那一代青年思想的啟蒙並不在學校，而是像良露的地下電影放映室。我常想，她真像李漁，李漁有時被人批評玩世不恭，他的劇本裡許多情愛戲，男歡女愛，感官纏綿，不輸波多野結衣，但是清初亡國的文人大該都知道文字獄的白色恐怖，李漁不談家國興亡，不上當，不熱血沸騰跳進「熱愛祖國」的陷阱，他帶大家認識如何吃喝玩樂，他的玩世不恭，或許大有深意。死亡就在前面，他就大膽說：不敢不樂。

我喜歡良露談父親的故鄉江蘇海安（毗鄰李漁家鄉如皋），說江浙人如何嗜吃細緻河鮮，用慢火燉蘿蔔絲鯽魚湯，像一曲崑腔，清淡婉轉細嫩。但她也喜愛讚賞母系（外婆）來自台南的大火乾煎赤鯮海魚的熱烈焦香。良露的品味世界其實也有兩個「祖國」，但她沒有「熱愛」任何一個虛假的「祖國」，她的身體裡，有江浙的細緻溫婉，也有台南的狂野熱烈，有河流的委婉，也有大海的澎湃。像李漁，像良露，能超越「祖國」的幌子，或許才能開始在自己身上救贖回真正的人性價值吧。我這樣閱讀李漁，也這樣閱讀良露。

二〇一五年八月二十八日中元節寫於溫哥華旅邸

目次

附錄

*

閒情偶寄（節選）／李漁

生活美學的通人——李漁

李漁對生活的興趣極大，一本《閒情偶寄》，絕非文人閒坐在書房中天馬行空的想像之文，而是有生活體驗的心得報告。

明神宗萬曆三十九年（西元一六一一年）的八月初一，李漁誕生於江蘇如皋，照今天西洋星曆的算法，他大概是善於挑剔精選的太陽處女星座的人。

李漁原籍是浙江金華府，因兄長之因誕生在素有中國平地長壽鄉聞名的江蘇如皋，這個地點讓我備感親切，因我曾多次伴隨父親返如皋探親，親眼見過幾位年過九十歲的白首老翁老嫗騎著自行車來與八十歲老父會面，他們都是父親的長輩，為什麼會如此的健朗，據說都和如皋滿市的銀杏街樹有關。

如皋在明神宗萬曆年時十分繁榮，如今市內還留有一些明代造工精緻典雅的老屋，我可以想見小時候的李漁就是生活在這樣的環境中，難怪日後他著作的《閒情偶寄》中對美好屋舍的描述，都可看出明代建築的優美。

李漁自小家境富裕，吃的是山珍海味，穿的是綾羅綢緞，住的是亭台樓院，所謂三代才懂得了吃穿文化，李漁對生活藝術的領略，絕對和家學淵源有關。李漁出身於這樣的家庭，當然從小就廣讀四書五經，學寫詩作文，少年時代即有文名在外，但李漁的科舉功名運卻十分不順遂，除了童子試中表現出色，之後的鄉試卻落第，屆時已近三十而立之年的李漁，卻仍然與功名無緣，之後又因明末時局動盪、流寇四起，李漁的功名之心也趨於冷淡。到了李漁三十三歲時，李自成攻陷了北京，明思宗在煤山自縊，吳三桂引清入關，李漁也成了明亡遺民了。

綜觀人的一生，時也，命也，運也，李漁可說生不逢時，幹嘛生在明神宗萬曆三十九年，如果早生三十年，起碼一生順遂六十年，要不晚生個三十年，生在清初盛世，也可走六十年順世運，人生最怕的就是中年折翼，前後不搭，處世特別艱難。

但李漁還好有文才，不遇盛世功名，過小日子的才情機遇卻不差，在三十六歲後李漁定居在杭州西湖畔，自封為「湖上笠翁」，李笠翁之名號即出於此。西湖於李漁亦是佳地佳遇，看看李漁的「漁」字，表示他與水有緣，人在西湖邊對著一方水域，五行之中水主情，李漁閒情大發，發情為文，天天釣的不是魚而是字，寫的是漁樵閒話，不寫經世治國之文；寫的是生活藝術與人生感懷，特別適合當時社會上普遍的遺民之思，既然明朝都亡國了，那就苟安於天地吧！

李漁在杭州文名漸出，除了賣文為生外，也結交了不少文友，江浙一地的士紳也以結交他為樂事。當年是沒有生活美學家這樣的稱呼，但李漁的受歡迎其實就在於他提供的生活美學：懂吃懂穿懂住懂遊的知識與品味，可是有閒有錢階級古今皆通的需求。

李漁一輩子不靠功名為生，只得靠文名營生，和現今的文人命運頗相似，但清初雖然出版業興盛，盜版亦是猖獗，李漁竟然為了就近監督書商翻版防盜印，

舉家搬遷到吳地出版重鎮的南京。

李漁雖然定居南京，卻廣受四方之邀出遊在外，五十多歲之後的李漁還組了個家庭小戲班跟他跑江湖，在各地嘉賓知音間演出助興。現今賣文為生的作家們，也可想想李漁光靠寫散文、寫劇本為生一定不容易，一定要加上自己辦活動才可增加營收，李漁所行所為，可說開當今流行的文創產業的先河。李漁創作了許多新戲，也改編了不少舊曲，有時他上午才編好新稿，他的家庭小戲班晚上就粉墨登場，李漁所累積的戲劇實務可說是中國的莎士比亞。

李漁對生活的興趣極大，一本《閒情偶寄》，絕非文人閒坐在書房中天馬行空的想像之文，而是有生活體驗的心得報告，《閒情偶寄》中的戲劇理論是實務加經驗加戲劇美學的哲思所成。《閒情偶寄》中談屋舍庭院的生活美學，也奠基於李漁親自參與屋室庭園的建造設計布置之工作。李漁在五十八歲那一年，興建完成了「芥子園別業」，取名「芥子園」，來自於一粒芥子——世界的比喻，芥子園雖小，卻可看盡天下山水丘壑之美，即所謂「納須彌於芥子」之意。

芥子園是李漁的別莊，但他可不是退隱於江湖有閒錢玩世之人。不同於一般的江南庭園，芥子園還是李漁的工作坊。他在芥子園印書、出書、賣書，李漁也許有閒情，但可沒閒錢，他的閒情是要論本賣的，這也使得現代人因此也比較能體會人生身不由己之處。所謂「閒情偶寄」，偶寄即偷閒片刻，李漁不是享清福的員外或方丈，他一方面兢兢業業求生計，一方面偷得人生平日之閒與樂。

李漁一生可說是極具現代性的通人，玩設計布置種植，也玩戲劇詩詞散文，還玩烹調古玩唱曲，可說是樣樣玩樣樣精的生活美學玩家。

李漁吃蔬食

世人都稱李漁是美食家，孰不知李漁最推崇的美食是蔬食，這恐怕是許多嗜吃大魚大肉者無法了解的事，然而懂得蔬食之美的人，必須保持心境的清明，才吃得出蔬食的原味。

如果李漁生在今天，他極有可能是個自然農法的信仰者，我都可以想像我會和他在一起小農聚集的有機蔬食市集相遇，他手裡正提著那些由乾淨的土地與水源上又不灑化學肥料與農藥所種出的蔬果。

在李漁的《閒情偶寄》一書中專談飲食的〈飲饌部〉，開篇談的就是蔬果第一，

李漁寫道：「吾謂飲食之道，膾不如肉，肉不如蔬，亦以其漸近自然也。」

世人都稱李漁是美食家，孰不知李漁最推崇的美食是蔬食，這恐怕是許多嗜吃大魚大肉者無法了解的事，然而懂得蔬食之美的人，必須保持心境的清明，才吃得出蔬食的原味。濁人吃濁食，自古以來，所謂食德，即從一個人怎麼吃東西就可以看出一個人的為人，在整部《紅樓夢》中，在大觀園裡，吃東西清雅人就清雅，吃相難看人也野蠻。

李漁推崇的蔬食首推筍，他寫筍：「論蔬食之美者，曰清、曰潔、曰芳馥、曰鬆脆而已矣。不知其至美所在，能居肉食之上者，只在一字之鮮。」筍為蔬食中第一品，眼前若有一盤筍燒肉，懂得吃者一定先吃筍，一碗鮮筍土雞湯，最有味的也是鮮筍。別以為筍一定得和肉食共煮，日本京都人把當天清晨太陽出來前摘的筍叫「朝掘筍」，最講究的吃法只是切半塗一層淡味的白味噌烤來吃，而京都四百年的老店還有筍懷石宴，整席全用筍為主角，當年李漁如果可以出國旅行，一定也會想去京都這家店的。

李漁說「筍之一物，則斷斷宜在山林」，的確，台北盛產好筍，產地都在觀音山、深坑的山中，只有吸天地之精氣才能出好筍。台北人吃綠竹筍時用的方法和李漁的教導很像，即「素宜白水」。綠竹筍當季時，煮筍宜一大鍋白水，不用削皮、去葉，整支綠竹筍洗淨後放白水中煮，煮完後放涼，剝皮、去葉、切片略沾醬油，這種吃法一直是台北人家奉行之法，但我想我阿嬤、媽媽都一定沒聽過李漁，可見此法或許不是李漁獨創，而是幾百年來許多人共同匯集的心得，只是李漁把民間流傳之法記錄下來了。

李漁也愛吃蕈，他吃的當然是野生蕈，而不是今日大量人工栽培的蕈。我常覺得現在不容易吃到好蕈，記得三十多年前家裡蒸魚，切一點點香菇片，整個屋子都會充滿清香，煮一大鍋雞湯，放一兩朵埔里的野生香菇，也是在屋外就會聞到菇香四溢；今天的蕈菇只徒具其形，卻無其氣，李漁心目中的好蕈乃吸山川草木之氣，因此才有清虛之氣。

如今野生蕈難尋，但偶爾也還能遇到佳蕈，像我去義大利托斯卡尼山區旅行，和當地友人到森林裡摘牛肝蕈；用小火微烤沾海鹽、橄欖油吃，真是口齒留香。另外還有每年秋末，造成全世界大廚、饕客風靡的野生白松露，也是蕈的一種，

TOO BEAUTIFUL!!
15
100
GR

李漁不知是否會喜歡這種並非清虛卻有硫磺之息的天價野蕈？

蓴菜即蒓菜，是杭州西湖特產，日本人也很喜歡，京都附近的琵琶湖也有，我曾在京都高級的料亭中吃過一道羹，彷彿李漁記載的四美羹，即用秋蕈、蓴菜、蟹黃和魚片製成，我真懷疑這食譜是承自《閒情偶寄》的。另外，香港、台北的天香樓，專治高級的杭州菜，也有蓴菜羹，但只可稱二美羹，只有魚片和蓴菜。

這兩日，剛好在某個館子用飯，吃了一道蟹黃絲瓜，誰知絲瓜煮得太生，只好打包回家自己加工再煮，就救回了一道佳餚。我想廚子一定不知李漁寫過「煮冬瓜、絲瓜忌太生」，雖說是簡單的烹調道理，但就是有道理，雖然簡單，但還是不少人不懂，冬瓜、絲瓜一定要煮爛些才入味，火腿煨冬瓜湯雖簡單，但火候不足就沒味，即使是清炒絲瓜，也得燜過才能逼出絲瓜的甘味。

李漁又說「煮茄、瓠利用醬醋而不宜於鹽；煮芋不可無物伴之……山藥則孤行並用」，這些話看似平凡，卻是廚事的精華，一語點出了烹飪的見識，所以說不懂做菜的人千萬別亂發明創意食譜，例如用海鹽烤茄子。茄子一定得用醬才好吃，如醬燒茄子、味噌茄子；瓠瓜也是，絕不能用鹽清炒清煮，定得用醬燒。至於芋頭，不管是燒肉燒魚乾都可，即便不用肉，也得是蔥燒芋頭才有味，只單獨清蒸或火烤芋頭吃，是台灣的原住民料理，但這是新石器時代的吃法，當然不是李漁的文明口味。但奇怪的是，山藥和芋頭相似，卻可以單獨切絲切片生吃，即所謂一物有一性也。

李漁想必是處女座之人，有其挑剔又完美主義的傾向，他雖然愛蔬食，卻如佛門子弟般看待蔥蒜韭為葷物，竟然為怕蒜吃了口臭而永遠禁食，如此一來有許多名菜他就享受不到口福了，例如蒜子燒魚，又如一粒水餃一粒蒜，又如三杯雞等等，為了保持口氣芳香，李漁也極少吃蔥，唉啊！蔥爆牛肉、蔥夾鴨片、蔥燒海蔘，多可惜啊！至於韭菜，李漁只吃韭菜花不吃韭菜，所以他就吃不到韭菜豬肉水餃、韭菜炒鴨血、韭菜豆干肉絲了。

蔥蒜韭可說是中國人最常用的食材，李漁竟然怕影響口氣而不食、禁食、少食，真可謂奇人，他真是對口中之氣有所偏執，連提到蘿蔔，他雖說「生蘿蔔切絲作小菜，伴以醋及他物，用之下粥最宜」，對的，但他怕食後會打嗳散穢氣，竟然也有微慍之辭，可見此人真是有潔癖。但李漁又說還好蘿蔔生食則臭，熟則不臭，因此蘿蔔燒牛筋、蘿蔔燒肉、蘿蔔絲鯽魚湯、蘿蔔排骨湯都不必禁食了。

李漁的時代沒有口香糖，要是他來到今日，我一定會送他口香糖，然後請他大啖蔥蒜韭。

筍為蔬食第一品

李漁自稱是蟹奴，每到蟹季都要為蟹耗盡千金；我卻是筍主，筍季一到，愛怎麼買筍就怎麼買，涼拌之、蒸之、煮之、燉之、燒之、烤之、炸之皆可，各有所長，皆有好味。

我想到一生好行旅的李漁，在他那個時代，沒有機會來台一遊，否則以他對各式蔬果的喜愛，一定會喜歡台灣這個寶島出產的各種鮮蔬與水果，尤其是他老兄最推崇的蔬食第一品的筍。近日我上街，看到市場小販賣著台北近郊山林盛產的綠竹筍，有陽明山的、觀音山的、深坑的、石碇的、三峽的等等，這些鮮筍通

通好吃，但又有些細微的差別，如果能邀到李漁這個時空旅人，我一定好好招待他品嚐各式筍餐，李漁與我只能當成夢中筍友，一席筍話就與各位分享吧！

為什麼李漁把筍列為蔬食第一品呢？李漁在《閒情偶寄》的〈飲饌部〉中說道：「論蔬食之美者，曰清、曰潔、曰芳馥、曰鬆脆而已矣。不知其至美所在，能居肉食之上者，只在一字之鮮。」

世人說起筍，都曰鮮筍，即眾口一聲表達筍之至味在鮮，除了鮮之外，筍也清，也潔，也芳馥，也鬆脆，可說是五味合一，乃蔬食中的最高境界。

為什麼筍能有別於一般蔬食，李漁又說道，「然他種蔬食，不論城市山林，凡宅旁有圃者，旋摘旋烹亦能時有其樂。至於筍之一物，則斷斷宜在山林，城市所產者，任爾芳鮮，終是筍之剩義。」

李漁點出了筍之至鮮的重點，即宜在山林，方可吸收山林之精華萃氣，城市中不乏有人種菜園，誰聽說過在城裡植筍園者？筍是山林產物，但這些山林又不可離城太遠，最宜清晨未透日光摘下的筍，一小時內即送到了城中朝市，此乃朝掘筍也，可食朝掘筍之城有京都，杭州亦佳，而台北亦是，這些城都是三面環山，且並非以大山為主，而有許多靈秀的郊山，最宜種竹養筍，且郊山離市極近，方便筍農挑擔下山，每日朝市販賣之筍猶帶泥土與露珠的潤澤。

京都與杭州之筍，都以冬筍為佳，適合做成像京懷石料理中的木芽蒸筍、白味噌田薬燒筍、椎茸煮筍、百合根豆腐燉筍等等；杭州也有冬筍燒肉、香菇冬筍土雞湯、雪菜冬筍、薺菜春筍等名菜，但這些筍都是入菜的。雖然李漁提到「筍肉齊烹合盛一簋，人止食筍而遺肉」，可見筍比肉好吃，因此細心的家廚在調理筍燒肉時，一定會準備較大份的筍與肉齊燒，因為筍要好吃，肉不能不足，否則燒不出味道，但上菜時，卻會撤去一半份量的肉，以全份的筍配半份的肉上桌，客人可以吃筍盡歡，卻又不解為什麼份量較小的肉也能燒出好筍味，且因肉份量少，就不易遺肉了。以上心得，只有家廚才能做到，一般餐廳哪敢這樣處理食材？調理筍燒肉而好吃筍者，千萬不可多筍少肉，則筍味不佳。

筍可入菜，但烹調筍之法最精者，李漁指出乃「素宜白水」、「白烹俟熟，略加醬油」，這種最簡單的吃筍佳方，乃台北人最常見的食筍之道，為什麼？因為此乃台北五月至八月盛產的綠竹筍最好的吃法，而春夏綠竹筍卻是京都、杭州無有之物。

綠竹筍乃台灣原產筍，最大的特色是質地細嫩，高纖而口感細緻，味道清甜甘美。綠竹筍的外貌顏色土黃略帶綠色，適合長在低海拔的山間。台北是三面環山的盆地，近郊的觀音山、陽明山等都是有名的山筍種植區，綠竹筍十分鮮嫩，特別怕太陽照射，因此以少量栽種為佳。筍農要在凌晨太陽未出來前把筍挖出，最好是立即烹調，也因此，每個地方的人都會覺得自己鄰近郊山產的綠竹筍最好吃，因為最新鮮。

在台北，綠竹筍公認最美味的食法是連筍殼白水煮，之後放涼，剝下筍皮後切片，不加任何佐料吃原味，最多放醬油或沾美乃滋，台人稱之為沙拉涼筍。這種吃法即李漁所說的「從來至美之物皆利於孤行」，椎茸只要微烤加鹽，生蠔滴點檸汁即可，綠竹筍亦同理，尤其是五、六月之筍特別鮮嫩，曾聽人說中國大陸北方有賽水梨的蘿蔔，台北的綠竹筍也可賽水梨。

吃筍和吃蘿蔔不同，李漁說吃筍最忌放香油，「香油和之，則陳味奪鮮，而筍之真趣沒矣」，的確，麻油可化蘿蔔的生味，但筍無生味，筍是自身完美，可以不

加任何配料。

但筍性雖可孤行，亦宜共和，筍若與他物葷食，李漁認為「葷用肥豬」、「牛羊雞鴨等物，皆非所宜」。的確，筍燒肉要用肥瘦各半的五花肉，但烹調之道，李漁則說「烹之既熟，肥肉盡當去之，即汁亦不宜多存，存其半而益以清湯」，因為正在烹調的肥肉之油不會膩油，但等到關火後卻不該再讓過多的油沾染筍。

我同意筍燒肉比筍燒雞好，筍燒牛肉、羊肉則不必，牛羊太羶，用蔥爆較合，筍與鴨則不可，兩者性不融。但說到煮湯，用肉塊、排骨煮筍湯，是台灣人非常喜歡的家常湯，我的本省阿嬤在夏天時每週總要煮上兩三次的排骨筍湯，的確好喝，可是冬筍煮土雞湯也很好啊！

此外，筍在烹調中有大用，肉羹、魚翅羹中會放筍絲，什錦菜中也有筍絲，八寶辣醬中少了小筍塊就不完美。炒和菜時，筍片亦常見。筍之大用還有當湯之基底，李漁說「凡有焯筍之湯悉留不去，每作一饌，必以和之，食者但知他物之鮮，而不知有所以鮮之者在也」，以筍湯為高湯，最美不只在鮮，而在清鮮。

我母親甚愛清筍湯，這也是台灣人的家常湯，小攤小店賣滷肉飯、焢肉飯者，最喜歡附贈免費的筍絲清湯，兩者搭配有如村夫村婦，十分平凡怡人。

李漁沒談到筍與魚鮮之配，筍其實是配魚鮮的，因為筍是陸上鮮，當然宜湖海中鮮。台灣人有一道家常粥，即用筍絲與蚵蠣煮成湯，再放冷飯下去煮成鹹粥，在夏天胃口不佳時，這是十分開胃可口的鹹粥。

另外，在蒸魚時，切點筍絲或筍片同蒸，道理不在吃筍，而在蒸筍時蒸出的筍汁鮮湯，有畫龍點睛之效。

李漁自稱是蟹奴，每到蟹季都要為蟹耗盡千金；我卻是筍主，筍季一到，愛怎麼買筍就怎麼買，涼拌之、蒸之、煮之、燉之、燒之、烤之、炸之（近年台灣流行的紫菜炸筍）皆可，各有所長，皆有好味，做筍主又不必耗費千金，平常百姓人家皆可成為筍主。又筍為高纖食物，適宜今日養生之道，李漁且說：「《本草》中所載諸食物，益人者，不盡可口；可口者，未必益人，求能兩擅其長者，莫過於此。」筍真乃蔬食第一品也。

李漁與煮飯的學問

一碗白飯對大飯店好像沒有山珍海味重要，其實是更重要的事；菜做得不夠好，或許還可以開飯館，但連飯都煮不好，還有誰會信任這家飯店呢？

曾經到一家五星級飯店用中餐，沒想到竟然吃到了餿飯。找廳堂經理來問，才知小廚偷懶，用昨日的剩飯加水回蒸，但剩飯因天熱發餿，已有酸臭味，還好本人才把飯碗拿近便聞到了不祥之味，一口都沒吃，但同行的友人卻粗心吃了一口隨即吐了出來。

這次經驗讓我立即想到了李漁在《閒情偶寄》的〈飲饌部〉穀食第二談飯粥時，指出「飯之大病，在內生外熟，非爛即焦」，李漁一定沒想到在二十一世紀的今天，竟然會發生飯之大病成了餿飯。

大飯店怎麼會犯這麼基本的大錯呢？我想了又想，只能說現在的大飯店恐怕都忘了他們開的是「飯」店；賣的核心事物是飯，而不只是大菜、小菜、裝潢及排場。飯煮得好不好？恐怕是飯店最重要的一件事，是連路邊攤、自助餐店、小食堂都不能犯錯也很少犯錯的事，為什麼大飯店反而疏忽了？我左思右想，覺得和價格有關，小店的飯不貴，但菜也不貴，反而不會有輕重之分，但大飯店的飯不會太貴，菜卻很貴，飯也許幾十元，菜卻是幾百元到上千元。賣菜利潤大，賣飯沒什麼利潤，萬一管理廚房的人不分輕重，把煮飯的食事交給不重要、沒經驗的小廚去辦，就可能鬧出小廚輕忽的災難。

但小廚之錯，也是大廚之錯，因為養廚不教誰之過？開飯店的初心就是提供米飯，豈能不嚴格教誨！

在李漁的時代，吃飯一定比吃菜重要，華人社會如今怕飯吃多了會發胖，而不吃飯或少吃飯，絕對是近一、二十年來才有的富貴通病。早年的人用醬油、辣蘿蔔乾都可配一大碗飯，甚至吃得到白米飯都是珍貴的事。過去的人天天吃飯，一定要懂得煮飯，但吃飯容易，煮飯卻不容易，現代人在家多依賴電子鍋，如果哪天停電了，一定有不少人不懂得如何用瓦斯或柴火燒飯。

電子鍋煮白飯可，但煮煲仔飯卻不成，因為電子鍋溫度平均，逼不出煲仔飯需要的火氣，雖然李漁說飯不可爛也不可焦，但煲仔飯卻一定要有一點焦。李漁是江浙人，大概也沒吃鍋巴飯的習慣。當然李漁所在的清代，恐怕也不曾聽說過義大利有名的燉飯（Risotto）和西班牙的帕耶雅海鮮飯（Paella），都是要吃米粒有一點「內生外熟」的滋味，李漁若得知此點，一定說這些鬼佬不懂煮飯啦！

但即便是煮廣式煲仔飯或義大利燉飯或西班牙海鮮飯，李漁談煮飯的一些道理仍可派上用場，李漁說煮飯最吃緊處在「飯水忌減，米用幾何，則水用幾何，宜有一定之度數」，煮這些飯一開始就得下定量，多了飯則濕，少了則煮不熟，如何恰恰好也只能憑心得。

想到日本人談起如何做好日本料理時，最看重的事就是煮飯。不少學徒都說要學會煮好飯至少要學三年，從選米、泡米、加水、煮熟的蒸煮之道，都要重視細節；四季的氣溫、濕度都不同，煮飯要講究泡米，絕不可泡隔夜米，四季泡米所需的時間也不同，氣溫低的冬日泡得久（可泡兩小時），但氣溫高的夏日卻要縮短一半的時間。煮出好飯並不容易，因此有的老食堂老闆娘會堅持自己煮飯，我認得有位日本阿嬤就親自煮了四十年的飯，她的名言是「飯不好吃，菜也不會好吃」。如不能親力親為，也會找最有經驗的人負責，如果哪一天找了小廚煮飯，則開始兩三年也會有老師傅盯著看，若被賦予此任務的小廚，其實就代表老闆的看重，將來必會委以重任。

李漁在《閒情偶寄》中談如何煮好飯，卻沒談如何選好米，恐怕那個時代不像今日可以買到世界各地的米。江浙一帶是米鄉，嘉興就產好米，嘉興米是溫帶氣候的米，和日本新潟地區的越光米比較相似，日本人在台灣引進了越光米種出了蓬萊米，就很受來台的江浙人士所喜愛，江浙人是吃不慣荷蘭人從東南亞引進而種成的在來米的。

煮飯學問大，要從選米開始，新米最香，但黏稠性較弱，有人會用八份新米配上兩份舊米來煮飯，兼得香糯之感。至於米種的選用，日本人愛吃黏稠性高的蓬萊米（越光米種），東南亞人吃的是口感鬆脆的在來米，一般人認為蓬萊米較甘甜，口感也滑順，但在來米炒飯卻特別好吃。

新米當然比舊米香，但古代因交通不便或遇饑饉年，不見得常常有新米吃，甚至偶爾必須吃陳米。陳米自然有陳味，李漁應該很怕陳米味，他還特別提出如何使米有香味，用的方法是「預設花露一盞，俟飯之初熟而澆之，澆過稍閉，拌勻而後入碗」。李漁此法頗像波斯人煮飯加入玫瑰露或印度人煮的番紅花飯（不僅香還有色）。

陳米雖然沒有米香，但若保存得宜（如真空或冷藏），卻有特別的風味，像義大利的燉飯，講究的會用一種昂貴公雞牌已置放兩三年的老米，這種陳年的老米因澱粉質沉澱，口感不像新米那麼黏軟，特別適合用來做吃時要粒粒分明又沾滿醬汁的義大利燉飯。

說到炒飯，不管是用在來米或蓬萊米煮出的飯，一定得用冷飯，有人還更喜歡隔夜（但要冷藏適當）的冷飯，這樣的飯鬆而不黏（也因此在來米天生較適合炒飯，廣東人炒飯好吃也跟用的是東南亞品種的香米有關），炒出來的飯才能粒粒分明，不會糾結軟爛成一堆；也因此炒飯切忌用鍋鏟壓擠，最好是用長筷攪一下，再用手腕之力把鍋子上下抖動，讓米粒輕鬆地完全加熱。炒飯可用冷飯，但煮飯卻絕不可用冷飯回蒸（可以回蒸的米只宜糯米，這也是為什麼粽子要用糯米了），因為一般米飯蒸煮後會定型，加水回蒸根本蒸不透米心，米粒吃來裡外口感不均，這正是生米煮成熟飯的「熟」字道理。

不僅煮飯、蒸飯一定要從米粒而非飯粒開始，連煮稀飯也是這個道理，用米粒煮成糜，和用冷飯煮成稀飯的口感是不同的，米糜較清較香較鮮，像潮州人的白粥；稀飯卻較混，米香也差，但上海人的茶泡飯和日本人的茶漬飯，以及閩台人的鹹粥，卻要用冷飯，但這種叫湯飯而非糜。

在《閒情偶寄》的書中，李漁也談到煮粥之吃緊處在「粥水忌增」。潮州人煮白粥即此理，一大鍋白米加水有一定的度，一待開火，中途不可加水，卻要隨時攪動，使「水米成交」成一氣，絕不會呈現「上清下澱」，亦不會「如糊如膏」，早年我常去香港的九龍城寨一帶的潮州館吃喝白粥配打冷小食，那樣的白粥就是我相信一定會討笠翁老歡心的。

這回遇到餿飯的經驗，也提供人生中很好的頓悟，讓我又重溫了李漁談論的粥飯之美形何在，所謂不可因事小而輕為。一碗白飯對大飯店好像沒有山珍海味重要，其實是更重要的事；菜做得不夠好，或許還可以開飯館，但連飯都煮不好，還有誰會信任這家飯店呢？做人處事也一樣，有一些基本的初心最重要，人品就是做人處事的那一碗白飯，人品不好，人生的配菜都不必吃了。

洗手作羹湯

台灣的肉羹、杭州的魚羹、港澳人的魚翅羹，如果烹調得太清，湯湯水水，就不是好羹。好羹最適合下飯，李漁說得好，「羹之為物，與飯相俱者也」。

所謂洗手作羹湯，說的是兩回事，羹是羹，湯是湯，按西方人的詞來說，羹是soup，湯是broth；前者是濃的，後者是清的，但中國人羹湯不分，連李漁在《閒情偶寄》中都說湯是羹的別名，到了外國就會鬧出笑話。話說有位廣東人在蘇格蘭旅行，進了餐廳覺得口渴身燥，想喝上一碗好湯化體內的虛火，在菜單上點了一碗湯，誰知道來的是濃郁地不得了的燕麥粥，這哪是湯啊！叫人來問，此燕麥粥的確是蘇格蘭人有名的soup，若照中國人的羹湯之分法，可以稱之為羹，但如果想喝廣東人的煲湯，那可要叫broth，蘇格蘭也有出名的牛肉清湯，喝下去很元氣。

所以說，羹湯有分，羹是濃的，湯是清的；北人善調羹，南人善治湯。羹的歷史比湯古，早在周代，華夏中國已有大羹、原始羹、鉶羹之說，指的是什麼呢？原來從周代到春秋戰國，都有用羹祭祀之禮。供神的是牛的大羹，祭五帝是羊的原始羹，這兩種羹都不能放調味料，因為五味是人間味，只有給人吃的是五味俱足的豬肉羹，這種叫鉶羹的羹即今日閩台人還在吃而發源於河洛中原的肉羹。

宋室南遷，定居於臨安杭州的北人思北味，就用西湖的草魚創造了類似北宋開封人聞名的魚羹美味，成就了迄今聞名的杭州美食宋嫂魚羹。

羹要濃郁才好，想想看，不管是台灣的肉羹、杭州的魚羹、港澳人的魚翅羹，如果烹調得太清，湯湯水水，就不是好羹。好羹最適合下飯，李漁說得好，「羹之為物，與飯相俱者也」，在台灣有肉羹飯，在澳門有魚翅羹撈飯，都深得羹之其味。

如今北方人喝的酸辣湯，其實較合宜的稱呼是酸辣羹，酸辣羹貴在濃稠，用來當成下麵的澆頭就成了大魯麵。

李漁認為羹比美饌下飯，頗有現代人吃飯之理，常常一桌子美饌，人人只吃菜不吃飯，一般人多以為是現代人怕胖，才不吃飯，但李漁卻說「餚饌乃滯飯之具，非下飯之具也。食飯之人見美饌在前，匕箸遲疑而不下，非滯飯之具而何？」但為什麼從前貧窮人家用一點鹹菜就可以食飯呢？原來那不叫鹹菜下飯，是鹹菜送飯或扒飯，是不得已的非吃飽不可的食飯之道。

李漁是富貴人家，早就看到了今天流行的不吃飯只吃菜，但飯還是不能不吃的，菜養體，飯養精，那麼，該如何吃飯呢？李漁又有妙語，他說：「飯猶舟出，羹猶水也；舟之在灘，非水不下，與飯之在喉，非湯不下，其勢一也。」真有道理，再怕胖再不想吃飯的人，若給他一碗魚翅撈飯或肉羹飯，就真的很難拒絕飯了，下回大夥試試。有一回我在杭州凱悅飯店的湖濱28餐廳，吃到宋嫂魚羹及一碗白飯，那真的羹飯俱美矣。

羹宜於下飯，李漁還說，此乃養生之法，「飯得羹而即消」，意思是容易消化，但這裡指的羹是今人說的濃湯，如果是清湯就不宜下飯了，也非養生之道，眾人皆知用清湯下飯對胃不好，像上海人愛吃的湯泡飯則不宜有胃疾者。

北方天冷，五行主水，濃湯之羹不易涼，但南方天燥，五行主火，就宜清湯去火。南方人調理羹是北方遺風，南人嗜喝的是原湯，像廣東人的老火煲湯，把所有的食材熬個十幾個小時，只喝精華的清湯，不吃食材渣。台灣人也很看重清湯，像煮好一碗清湯切仔麵，訣竅就在熬湯頭，湯要用豬脊骨、大骨、小骨、邊骨熬，不斷去肉渣，熬成清湯似水，看起來沒顏色，喝下肚才知工夫，像我每回出外旅行回台北，第一餐一定去我心儀之店吃上一小碗清湯切仔麵。

羹貴在濃中有淡，適合下飯；湯貴在淡中有濃，宜於單品，凡人洗手作羹湯，應先通此理。

社會相對貧困的年代，陽春麵反而成為大夥安心過日子的象徵，只要吃得起陽春麵，反而沒有羨慕別人吃魚翅燕窩的不平衡心理。

我愛粉麵

李漁所說南人飯米，北人飯麵，用在我父母身上的確有理。我母親是台灣人，平生每飯必食米飯，少了大白米便覺得此餐有憾，但來自長江以北的老父卻不愛吃米飯，若換成了煨麵、花捲、大饅頭才開心，但我是二人之合，成了南北合，愛吃米飯也愛吃麵。李漁在《閒情偶寄》中說他自己是：「予南人而北相，性之剛直似之，食之強橫亦似之。一日三餐，二米一麵，是酌南北之中，而善處心脾之道也。」

我平日三餐，表面上是二麵一米，早午愛吃麵，但晚餐卻非得一碗白米飯才覺吃得踏實。但其實我所云的「麵」，只是形狀的通稱，有許多麵並非北人的麥食，而是粉食，例如冬粉、米粉、粄條等等，光想到每天都有這麼多粉麵可以換著吃，就覺得人生真豐富。

我是麵癡，亦是粉癡。童年時居住的北投，分為新北投與老北投兩地；分別聚居了外省人和本省人，我家剛好在新北投和舊北投交界，出門向右走，就走到了許多外省退役的榮民開設的各種小攤小店，可以吃到各種外省麵，像只用醋、麻油、醬油、蒜頭乾拌的大寬麵，簡簡單單卻是百吃不膩。主要是寬麵是自擀自切還外加晾乾，煮起來很有嚼勁還帶麵香，一點都不輸長大後去義大利才吃到的義式寬麵，但價格卻便宜太多了。如今街上已很少有人賣這種別名也叫「眷村麵」的乾拌寬麵，但我在家中偶爾會自己做，用來招待外省朋友，他們一吃都吃到童年的心坎上了。

小時候要口袋裡有點錢才吃得上的山東大滷麵，現在卻成了小飯館中便宜的外省麵，下的是中等寬度的陽春麵，重要的是那一碗大滷湯要現做，用豬骨湯做底，加上白菜、肉片、木耳、蛋花勾芡的滷汁澆在麵上，加白胡椒，唏哩呼嚕地連吃帶喝下肚十分爽快。現在賣的大滷麵有的是豪華版，會加胡蘿蔔片、蝦仁、豬肝，卻比不上童年的大滷麵那麼珍貴。

當年最簡單、最流行的外省麵是陽春麵，所謂陽春白雪，就是用下麵的原麵湯盛上的中等寬麵，連麻油、豬油、蔥都不放，更別說各種配料了，這種麵最便宜，是窮大人窮學生的解饑至物，如果口袋中還有點餘錢，就會切一盤豆干海帶，大灑醬油、醋、辣椒醬配著清淡陽春麵吃，如果看到有人切了滷蛋豬頭皮，就覺得此人真有錢。在那個全社會相對貧困的年代，陽春麵反而成為大夥安心過日子的象徵，只要吃得起陽春麵，反而沒有羨慕別人吃魚翅燕窩的不平衡心理。現在街上很少人賣陽春麵了，反而有人，包括一些發達的大老闆會找陽春麵吃，把昔日的貧困當成回憶的美味吃。

外省麵中還有山西式的刀削麵，放在羊雜、牛雜湯內，是外省高級館子的招牌，後來也放入牛肉湯裡，成為了牛肉麵。牛肉麵還有台灣本地的發明版，因為是外省榮民所創，也歸在外省麵中。最早牛肉麵用的都是本地的黃牛肉，因為不便宜，窮人窮學生吃不起，都只吃牛肉湯麵加酸菜，別以為是真正的牛肉湯，其實一碗牛肉湯中只有一小匙原汁牛肉湯，其他則是醬油牛骨湯，喝不出多少牛肉原汁的。後來美國對台灣大量出口牛肉牛骨，台灣才流行起全民吃牛肉麵，但一直到今日，講究吃牛肉麵者，還是以吃本地黃牛肉麵者為上。

除了這些外省麵外，還有本省麵。我家出門向左轉，就走近了以本省人聚落為主的老北投，老北投的歷史可久，舊街一帶的聚落可上推至清康熙初期，以福建泉州人居多。在老北投市場、老火車站一帶，有不少麵攤，很多賣傳統的切仔麵，用竹篩子涮油麵，吃切仔麵重點在湯頭，用豬大小骨熬成的湯看似清清如也，但滋味卻很夠，絕不能放味精，湯頭清而有味，頂多加一點油蔥醒味，再加一點燙開的豆芽韭菜，還有一片(只能一片)白煮五花肉片。

小時候吃本省切仔麵，看起來也像外省陽春麵般簡單，卻不懂切仔麵外簡內繁，有台灣四百年移民底蘊之味，但外省陽春麵的清湯掛麵，卻真的是一九四九年後倉促離鄉移居的貧簡之味。

本省麵中最豐富的就是什錦魯麵，用的麵是油麵，湯頭卻可能是源於山東的大滷湯，但味道變化可大了，台式魯麵源自泉州，是台南的喜慶食物，拜天公祭神明都用魯麵。我外婆本家是台南人，她後來住在老北投，離我家很近，外婆每年都會做幾次魯麵，湯頭可不得了，先熬各種豬骨蘿蔔湯打底，再各別燴料，有扁魚、蝦子、海參、肉片、鴿蛋、高麗菜、胡蘿蔔、木耳、蔥、韭菜、豆芽、芫荽等等，這些食材最後融滙一通，吃來多滋多味澎湃不已。

本省麵中，以麥為麵者並不多，油麵較常見，其他的白麵，如麻醬細麵、扁食細麵，都是受外省麵的影響。台灣傳統以食粉食為主，李漁提到的粉食，有藕、葛、蕨、綠豆，台人也食藕粉、葛條，但多當成甜點吃。蕨粉吃者較少，反而見於原住民食材中；綠豆粉最常當成主食吃，夜市小店常見賣豬腸冬粉湯、魚丸冬粉湯等等。

最常吃的粉食是米做的粉食，大多數用的都是在來米，新竹、埔里米粉兩地最有名，新竹米粉較細，適合炒米粉；埔里米粉較粗，適合做米粉湯。我自小常

l'Artigian Pasta
Borghini
Le Pappardelle
l'Artigian Pasta
Borghini
Chiaccioloni
l'Artigian Pasta
Borghini
Pici
l'Artigian Pasta
Borghini
Paccheri Rigati

以米粉湯當早餐，配一塊油豆腐，也可加豬肝、小腸、生腸、嘴邊肉等等黑白切，變成豪華早餐。

還有一種粉食，如今較少見，即米苔目，可吃甜吃鹹。童年北投市場有一攤，天氣熱時賣米苔目冰當早餐，天氣冷時改成米苔目湯，當年的米苔目都是手工製的，有嚼勁，一條一條形狀不規則，如今用機器製的米苔目，口感味道都差很多。

本省還有著名的客家粉食，即粄條，也分南北，近竹東一帶吃的是湯粄條，靠近南部美濃一帶是炒粄條。粄條似潮州人、越南人吃的河粉，五百年前應當是一家，都源於大陸閩粵南方。粄條也是手工製的較好吃，好在客家人多守古風，如今在台灣，要吃到手製粄條比米苔目容易，我家附近就有一家小店從早上就賣手工粄條湯，我每每吃著就知道自己不能移民去歐洲，否則早餐去哪裡吃粄條？

我愛吃各式粉麵，有一回看李漁《閒情偶寄》中提到膳己的五香麵的做法，真的在家裡試做，所謂「五香者何？醬也，醋也，椒末也，芝麻屑也，焯筍或煮蕈、煮蝦之鮮汁也。先以椒末、芝麻屑二物拌入麵中，後以醬醋及鮮汁三物和為一處」。

此李式五香麵和擔擔麵的做法相似，但多了筍汁、蕈汁或蝦汁，如果平常小食想省事，不焯筍、蕈、蝦也可，但非得要有好醬、好醋。我家平日一定備用珍貴的手工天然釀造的醬油和醋，別的可省，醬醋不可省，一定要用好貨，有好醬好醋加好麻醬，在家寫稿中午不出門，還可給自己下碗韓式麻醬麵，也吃得極幸福，食之樂也，好吃可比吃好重要多了。

肉食者鄙乎？

今人論身心平衡之飲食，都應以四份蔬食配一份肉配一份糧，即平衡入世與出世之心，蔬食多肉少對身體、心靈都好。

肉食者鄙，是華夏文化流傳的古老智慧，李漁性喜蔬食，在《閒情偶寄》的〈飲饌部〉中，花了許多篇章談蔬食之美，卻說「食肉之人之不善謀者，以肥膩之精液結而為脂，蔽障胸臆，猶之茅塞其心，使之不復有竅也」。

人有七竅，要七竅開通，必經修煉，佛門弟子不食肉，亦不食水族，連蔬食中的五葷都不食，就是怕一竅不通。佛家境界在出世，肉食者執著心強，偏偏執著心強者才執著入世，才會成為世俗中的強人。

我曾戲言，人類的歷史，就是好吃牛肉者（如英美民族），打敗好吃羊肉者（如蒙古土耳其游牧民族）；而好吃羊肉者，打敗好吃豬肉者（如中國、匈牙利）；好吃豬肉者，打敗蔬食者。草食民族如草食動物般嚮往和平安詳的生活，自然敵不過肉食民族與肉食動物的競爭野蠻天性。

在中國古代未受佛學的影響之前，就有肉食者鄙之說，但當時反而是肉食者貴。當時因肉類的稀少，只有士大夫以上的人才能吃肉，也因此士大夫之上的人才被稱為肉食者，但肉食者也不是天天可以吃到肉，〈禮記．王制〉中有云：「諸侯無故不殺牛，大夫無故不殺羊，士無故不殺犬豕，庶人無故不食珍。」從此就可看出肉食的珍貴，也看出了各種肉品的地位高低：諸侯的地位最高，可食牛，大夫次之食羊，再其次士食犬豬，而普通庶人百性只能食珍。

「珍」是什麼呢？在〈禮記．內則〉中位於八珍之首的即淳熬，淳熬是把肉醬煎熟後拌上動物油，再澆在稻米飯上，可說是原始的魯肉飯。

前一陣子，《米其林綠色指南》在介紹台灣的旅遊與美食時，把台灣著名的小吃魯肉飯標明為源自山東，引起了很大的爭議，因為今天的山東並沒有魯肉飯，其實魯肉飯的淵源要扯到祖宗八十八代前的周朝魯國八珍之首的淳熬。

八珍除了第一珍淳熬外，第二珍淳母，淳母也是肉醬煎熟後混合動物油澆在黍米飯上。第三珍是炮豚，即烤乳豬，沒想到在周代時乳豬比豬地位低，大概跟乳豬生得多，又被庶人吃掉了，能養大成豬的自然就更珍貴了。第四珍是炮羊即烤小母羊，道理或和小豬相同，否則庶人是不能吃成羊的，成羊只有大夫能吃。第五珍是搗珍，指的是搗（反覆捶打）里脊肉，今日新竹有名的貢丸，就是古代搗珍的遺風吧！第六珍是漬珍，把新鮮的牛肉橫切成薄片後浸美酒一夜，再調上肉醬、梅醬、醋，你說，像不像今天日本料理中的生牛肉刺身？第七珍是熬珍，即把肉經過捶打，除去皮膜，掛起來用小火慢慢燒烤，成品即今日市場中都還會現做現賣的肉乾。最後一珍是肝膋，即烤狗肝，今人愛犬不食犬，把此珍想成烤鵝肝就比較能接受吧！

周代的八珍名食，有個特色，都是古代的加工食品，用較少的肉食原料做成

肉醬、肉丸、肉乾等等，吃的都不是大魚大肉。所謂大魚大肉，指的都是全魚全肉，中國古代，祭祀食品一定要用原樣，在《周禮》中牛、羊、豬三牲為太宰，是最隆重的祭祀，羊豬二牲是少宰，到了今天台灣民間祭神還是用一整隻大豬公。

牛、羊、豬的食品階級，到了今天依然存在，不管在東方、西方的市場、餐館，依然是牛排牛肉最貴、羊排羊肉次之、豬排豬肉又次之。像世界首富的美國大亨華倫巴菲特曾說，他每天的吃食很簡單，不過是一塊牛排而已。你能想像他說的是一塊豬排嗎？在中國或台灣的普通老百姓，若想每天吃好，想的一定是一塊豬排，誰敢想天天吃牛排啊！那一定是有錢人才能做的事。

中國人是食豬的民族，「家」這個漢字，房子裡住著的是一隻家而不是牛、羊，牛羊是屬於牧場的，不能和人類一樣住在家中。中國的名菜，除了烤鴨滷鵝等家禽外，都以豬為主，有名的東坡肉，卻被李漁說成有如東坡的肉，「東坡何罪？而割其肉以實千古饞人之腹哉？」李漁覺得東坡之名因肉而俗，但世人卻因肉名東坡而覺其雅。李漁自稱是蟹癡，大概不怕世人取個李漁蟹或笠翁蟹之菜名，我覺得若有菜名叫李漁羊也可，但叫李漁牛或李漁豬、李漁肉的確是不妥，但奇怪的是，不管什麼名字配上蔬食都不俗，如李漁筍、李漁蕈，甚至李漁蘿蔔都可，但配上佛門的蔬食五葷之名卻又不宜，李漁蒜、李漁蔥、李漁韭都不夠文雅。這些食物的文字遊戲，就如李漁所說雖是名士遊戲之小術，卻不可不慎，像我雖然喜歡吃獅子頭，也有私房的獅子頭食譜，可不想公布後被人稱為「良露獅子頭」。

世人多知東坡肉，卻不知東坡平日多食蔬食，如東坡羹，即是野生的薺菜米糝，還有玉米糝羹，以山芋為主，另外還有東坡豆腐。其實，中國文人都像李漁般喜歡歌頌蔬食，如陸游好韭黃、木耳、菱、藕，宋人林洪的《山家清供》通篇談的都是蔬食之美。

文人生性清高，好脫俗離世，自然不好食肉，但自古以來，搞政治或搞經濟者都好食肉，如果哪一天不好食肉了，就大概已有退隱之心了。美國政商人士好在家中舉行烤肉慶祝宴，尤崇尚大口吃牛排，頗像中國古代士人登第升官時會辦的燒尾宴，燒尾宴是肉食大匯，有牛、羊、豬、鹿、熊、驢、狸、雞、兔、鵝、魚、鱉等等，顯示要做官的人不覺肉食者鄙而是肉食者貴，一入官場即過起天天吃大魚大肉的朱門酒肉臭的生活。

我平常觀人，的確發現好競爭者好食肉，淡泊者好食蔬，介乎兩者之間者則肉、蔬各半，如以世俗價值評人，好食肉者常居高位，但居高位者卻未必不會犯了心竅粗鄙之失。今人論身心平衡之飲食，都應以四份蔬食配一份肉配一份糧，即平衡入世與出世之心，蔬食多肉少對身體、心靈都好，畢竟，肉食總有殺生之害，李漁引《左傳》說的「肉食者鄙」不無道理。

魚之至味在鮮

吃魚的講究，就在一鮮字，但偏偏愈見鮮味的魚，刺愈多。在細針中挑細薄的魚肉吃，愈吃愈有味，鮮味繞鼻不去，吃完魚後用魚汁拌光麵，更是滋味纏綿。

我一向嗜魚鮮，每次想食素，多因魚鮮而破例。易戒食肉卻不能戒水族，李漁在《閒情偶寄》中亦有同感，說什麼「覺魚之供人刀俎，似較他物為稍息。何也？水族難竭而易繁。胎生卵生之物，少則一母數子，多亦數十子而止矣。魚之為種也似粟，千斯倉而萬斯箱，皆於一腹焉寄子」。魚類繁殖如恆河沙數之說，讓人覺得罪過較小。嗚呼哀哉！但這樣想的人還真不少，不過李漁恐怕沒想到他認為是恆河沙數一變再變，以至千百變的魚，竟然在二十一世紀的今天，有許多魚卻已經瀕臨絕種，例如長江裡的鰣魚或地中海地區的鮪魚等等，想起來真令人擔心。

許多從前常吃的魚，如今卻貴到不僅不太敢吃，也不容易遇上了，例如小時候常在我家餐桌上出現的東海野生大黃魚，在台灣則都說是金門來的黃魚，是我祖籍江蘇的父親最愛的魚，雖然家中有廚子，父親總愛親手做黃魚，要不是紅燒黃魚豆腐，就是雪菜黃魚湯或苔菜黃魚托。

黃魚有特別蒜瓣狀的魚肉和一股潮間的香氣，一直是我童年印象最深刻的魚，但自三十多年前，黃魚的身價就一直連年水漲船高，漁市場從一條幾百元賣到上千元，再賣到數千元再賣到上萬元，誰還吃得起黃魚？就算想擲千金吃，市場也慢慢地斷貨了。以前南門市場過年時魚攤上堆成小丘的大黃魚景象，早就消失無影了，如今人們改吃東海的野生小黃魚，小魚的肉哪裡能成蒜瓣？也有不少人改吃馬頭魚略有蒜瓣的魚肉。如今我常買馬頭魚燒豆腐給老父吃，他也愛吃，但每次總不忘咕噥說從前有黃魚吃時是不會吃馬頭魚的，我說現在馬頭魚也不便宜，

大一點的一條也要七八百，父親又說從前馬頭魚哪裡是貴魚？現在竟然稀奇了，我一聽馬上就想到等我到我父親的年齡，說不定也吃不到馬頭魚了，當下就覺得眼前這一盤紅燒馬頭魚豆腐真要好好珍惜了。

我一直覺得，從會不會吃魚就可以看出一個人懂不懂吃。朋友之中，講究吃的，多懂得吃魚；不愛吃魚的，卻很少有稱得上懂美味之人。為什麼會這樣呢？也許如俗話所說：「懂得吃魚的人比較聰明。」這話從何說起？大概和吃魚比吃肉費心思有關，想想大塊吃肉，即使是啃雞鴨翅膀，難度也比吃魚時跟細刺奮鬥要容易多了。一直到如今，在飲食上較世故的民族，如東方人、拉丁人，都以善吃全魚著稱，吃全魚可是要會吐刺的；飲食文化天真的民族，如盎格魯撒克遜人、維京人等，則只會吃魚排，專選好去頭尾骨刺的魚，如鮭魚、鰈魚、鱈魚等等。

李漁在《閒情偶寄》的〈飲饌部〉中，大談吃魚的講究，就在一鮮字，但偏偏愈見鮮味的魚，刺愈多。我生平吃過最鮮的魚是刀魚，刀魚全身是刺，尤其在清明前，細刺密布如網，在此時蒸來吃有股獨特的沖鮮味，一吃難忘。在細針中挑細薄的魚肉吃，愈吃愈有味，鮮味繞鼻不去，吃完魚後用魚汁拌光麵，更是滋味纏綿。此魚若在清明後吃，細刺日漸粗大，最後會像刀口般扎人，因此才叫刀魚。

魚鮮，可分溪鮮、湖鮮、河鮮、江鮮、海鮮等等，各有各的鮮味。溪鮮尚香，像京都人從早夏就開始的鮎魚祭，吃京都近郊貴船溪床中的鮎魚（亦稱香魚）。新店溪中早年也有香魚，但香魚最嫌水濁，早已絕跡新店溪。有一年盛夏赴京都遊，坐在貴船盛行的川床納涼席中吃野生的溪香魚鹽烤，才恍然大悟為什麼鮎魚叫香魚，因為真有香味，不像如今台灣或日本各地養殖的香魚全無香味可云。

湖鮮最宜嫩，因湖水悠揚，魚類不必太辛苦，湖中生態又豐好，魚兒長得夠肥嫩，但有一缺點是湖水土泥味重，因此治湖鮮一定要懂得在食前先用清水養個一兩天，待湖魚吐盡沙泥才可。西湖有名的醋魚，發源於北宋的黃河醋溜鯉魚，南宋杭人思此味，改用西湖中的青魚，且必設大池先養魚，就是怕食家挑剔土腥味。太湖中有一太白魚，也以鮮嫩著名，此魚名列太湖三白之首，我在蘇州旁的小鎮木瀆嘗過此魚，滋味甚鮮甜，喜吃湖鮮者愛的就是湖魚特別柔細的滋味。

京都是盆地，不靠海，除了溪魚外，多吃近郊琵琶湖中的湖鮮。琵琶湖有一名產，乃遵從中國古風，把湖中的鮒魚做成魚酢，這種用粳米炊熟作糁醃製的魚，醃得愈久，滋味愈腐鮮。有的京都人還嗜吃三年的鮒壽司，喜其那股特有的微臭味，因此現代京都人也叫鮒酢為忌司魚。我每到京都，一定點鮒壽司來吃，一飽思古之幽情。

中國河鮮中，最出名的就是黃河鯉魚和魴魚。黃河水雜，南方嗜魚之人多不喜黃河魚，好在黃河鯉與魴多肥壯，適合北人大口吃魚。烹調之道也不宜清蒸，見誰清蒸鯉魚來著？北宋開封的醋溜鯉魚，也是想用醋味去河鯉之塵味；北平河南館厚德福把河鯉炸成瓦塊魚，也是用油炸去土味；四川人的辣豆瓣鯉魚（即台灣風靡甚久的蜀魚館之味），更是讓鯉魚之味只得一辣鮮字。

巧得是，歐洲大陸的北人，如奧匈捷波等內陸國，加上德國不臨海的地域，也嗜吃河鯉。我在德國小鎮丁凱爾斯比爾（Dinkelsbühl）吃他們的鄉土料理，竟是白酒燴鯉魚，但白酒除腥功能不佳，反而是在布達佩斯吃到的鄉土魚湯，是用匈牙利紅椒粉煮的鯉魚湯，倒是一點泥腥都無，匈牙利人自視為歐洲裡的亞洲人，光憑吃鯉魚一點來看，的確較相似。

江鮮是中國人南方視為最美之魚鮮，歷史上著名的鰣魚，本是東海魚，一到

初夏時分，便成群結隊逆流游回長江，因是逆流而上，魚肉特別活。鰣魚最好吃時是四、五月間，有所謂「舍北三春韭，江南四月鰣」、「五月富春江上，鰣魚最盛」，鰣魚特別著稱的產地是富春江及鎮江，治鮮之道是用雞湯、火腿、香菇、筍片清蒸最佳。鰣魚的魚鱗很細很柔，有特殊香味，因此烹煮時不須去鱗，而奇的是當鰣魚被魚網捉住時，鰣魚絕不會亂蹦亂跳，據說鰣魚是怕弄壞自己一身漂亮的七彩銀鱗，因此鰣魚又叫「惜鱗魚」。

九〇年代初期，我在鎮江、上海都吃過鰣魚，味道的確鮮美，但近幾年因長江生態改變，三峽建壩加上工業廢水，已使得長江鰣魚瀕臨絕跡，中國食鰣魚已有兩千多年歷史，一向被視為貢品的鰣魚，難道會滅絕在這一代人手中？

長江下游是中國名魚之原鄉，著名的魚類甚多，除鰣魚外，還有刀魚、銀魚、鯔魚、河豚等等。一般人總以為吃河豚是日風，殊不知日本人是學自長江下游的吳越人家的吃河豚風俗。宋代食河豚之風興盛，蘇東坡就曾寫詩：「蔞蒿滿地蘆芽短，正是河豚欲上時。」話說萬物生剋有理，河豚上市時，滿地生長的蔞蒿可以解河豚毒性。河豚的劇毒在肝、卵巢、魚子、魚血，吃河豚不宜四、五月產卵期間，最好是在鰣魚上市前的三月間，因此才有詩云：「鰣魚入市河豚罷。」我在蘇州的南園吃過河豚紅燒，滋味細嫩，和在日本下關吃冰涼略脆的河豚生魚片的風味很不同。

長江下游名魚多，長江上游最有名的魚首推被毛澤東吟過的「才飲長沙水，又食武昌魚」，武漢的武昌魚從此名震中國。武昌魚即鯿魚，李漁在《閒情偶寄》中也推崇此魚之鮮美。魚身左右扁平、頭圓背隆、肉多體厚，清蒸前要在魚身兩側劃夠深的柳葉花刀，蒸法和鰣魚相同，味道卻沒有鰣魚那麼細緻，但毛澤東哪敢說他愛吃皇帝貢品的鰣魚？他恐怕故意標榜武昌魚來對抗鰣魚吧！

松江的鱸魚因「蓴鱸之思」而聞名，鱸魚在霜降後現身，冬至前後尚未產卵時最美，松江鱸魚是無鱗魚，只有一身薄膜，袁枚的《隨園食單》曾談及無鱗魚要洗淨黏液才可去腥，松江鱸魚著名的吃法即剝去薄膜，拆下魚肉，和蓴菜（即蒓菜）一起煮成魚鱠（即魚羹）。西晉在洛陽做官的張翰，吃不慣北魚，每當秋風起天涼，就會懷念起蓴鱸羹，最後竟為此物辭官歸故里（古人辭官的藉口似乎比現代人的階段任務完成的說法要浪漫多了）。

海鮮特色在猛，吃來生猛有味，江浙民風尚溫文，一向不喜海味，除了靠海民風較剛健的寧波等地才喜海味，一般江浙人吃東海的大黃魚（石首魚），也要等黃魚入長江、被淡水養過後滋味較柔婉時才好。

不管是古代稱之為南蠻的嶺南諸地或夷州的台灣，海產向來豐美，海魚在浪裡翻滾，魚肉自然較結實緊繃，吃來口感較韌，不少海魚宜炙（燒烤），宜油煎，都因魚肉不易散落。在唐代一本專門記錄南方氣候、物產、環境及民俗的《嶺表錄異》書中，就記錄了不少海魚的食用方法，如嘉魚，可隔芭蕉葉炙烤之；台灣喜用油煎的白鯧，在《嶺表錄異》中有一烹調法，是用薑蔥煮之以粳米，煮至骨軟，可連骨刺一同吃盡，因此又名「狗瞌睡魚」，指狗在地上等人丟棄的魚骨，等到瞌睡了都吃不著。

海魚又分近海魚與深海魚，近海魚味較細，像台灣人愛吃的近海嘉鱲就比深海嘉鱲好吃，小尾的近海嘉鱲可清蒸吃；現流的深海嘉鱲肉較硬，則宜做生魚片。

李漁是江浙人，《閒情偶寄》中推崇的魚多是江魚河鮮，這點和我父親很像，我父親就一向覺得江魚河鮮不僅鮮還比較嫩，海魚雖鮮但不夠細，然而台灣是海島，四面都出極鮮的海魚，但父親偏不愛，因此小時候家裡吃的魚就彷彿是李漁出門買的魚，例如，李漁說鯽魚、鯉魚皆以鮮勝者，鮮宜清煮做湯。父親常做的蘿蔔絲燒鯽魚湯和鯉魚豆腐湯，的確比上海人愛吃的蔥㸆鯽魚或河南人的豆瓣鯉魚更能顯現魚的鮮味。李漁又說肥勝者的魚，如鰣魚、如鰱魚適合烹做燴，燴鰱魚頭或燴鰣魚也是家父的拿手菜。

李漁沒提到煎魚，他一定覺得這不是吃魚之道，我父親也不吃我母親愛吃的乾煎虱目魚，而我雖愛吃父親的江浙式魚，也愛吃台灣阿嬤做的各種海魚料理，如煎紅目鰱、煎白鯧、煎白帶魚、煎赤鯮等等，魚皮魚肉煎得脆脆的，吃來有勁，和江浙式的魚別有風味。

但論到最會烹調魚的，我卻覺得江浙人、閩台人比不上粵港人的蒸魚。所謂的港式蒸魚，真的如李漁所云：「魚則必須活養，候客至旋烹。魚之至味在鮮，而鮮之至味，又只在初熟離釜之片刻。」則完全是港式清蒸老鼠斑的所謂蒸到少一分則生，多一分則熟的魚肉初離骨的境界。

只可惜老鼠斑近年來也不易吃到了，只能吃青衣，但野生的青衣也少，市面

常見的都是養殖魚，養殖的風味根本沒有野生魚在岸礁貼底經急風驚浪渡化的口感與鮮甜。

魚味雖然無窮，但許多魚味如今卻只能回味，只能好好珍惜眼前還魚味猶存的水族。

大閘蟹真味

從前李漁說的「不食螃蟹辜負蟹」，如今卻是「人工養蟹辜負蟹」，蟹之真味在好水好生態，當自然蒙難，蟹也沉淪。

又到秋風響、蟹腳癢，九月團臍十月尖的季節，這時正是李漁準備買命錢的日子，在中國歷代文人中，好吃蟹者頗多，但李漁恐怕是其中最出名的，原因無他，只要讀過李漁在《閒情偶寄》的〈飲饌部〉中談蟹之文，就能充分了解此翁如何以蟹為命。

李漁如此寫道：「予於飲食之美，無一物不能言之，且無一物不窮其想像，竭其幽渺而言之。獨於蟹螯一物，心能嗜之，口能甘之，無論終身一日，皆不能忘之。」

讓李漁終身不能忘之的，即在九月十月出現的蟹。李漁文中並未以大閘蟹名之，但李漁是江南之人，癡情的蟹又是被他名為九月十月蟹秋之蟹，今人自然知其為大閘蟹。

大閘蟹的致命吸引力，我生平有兩次體會。一是童年時曾與父母參加長輩的蟹宴，當時台北尚無合法的管道從大陸進口大閘蟹，都是以香港之名轉進的半走私貨，因父親來自江蘇，親友自是以江蘇人為多，當天蟹宴的主人，就不知是如何弄到了一簍又一簍的大閘蟹。記得主人伯伯家住台北的半山丘，進得一幽雅的庭院，夜裡的桂花香飄蕩著，小院中搭了篷，竹桌上鋪了白餐布，身著白衣黑褲的僕人端上剛蒸好的蒸籠，裡面是一隻又一隻紅豔豔的螃蟹，這是我第一回聽見大閘蟹的名稱。

當天晚上，主人準備的大閘蟹可說是傾巢而出，配上台灣本地酒廠的紹興酒，這群大人們手持蟹螯，用蟹八件取肉掘膏，吃得盡興、談得也盡興，所談大抵都是二十多年前飄渺的家鄉事，只是從小院俯視山下，卻是台北當年還零星的燈火明滅，才知此時蟹景不在家鄉。

我和一些小孩子們自然還不到懂得吃蟹的年齡，在院裡院外跑來跑去，偶爾轉回父親身邊，被他叫住了，餵了我一口蟹黃，那滋味真濃郁，彷彿封住了我的嘴，對孩童而言那是太老成的味了，當然說不上喜歡，但那一口滋味卻留在了心上。一直到今天，我都記得那股濃香滑脂，長大後雖然再吃過不少的蟹黃，卻永遠比不上那口初體驗，像什麼？也許是初吻吧！也是驚咤多於愛戀的感覺。

那一夜的蟹宴，真是賓主盡歡，有人桌前堆著小丘似的蟹殼，有人講究地拼起了蝶狀的原樣蟹形，有人唱起了崑曲中的〈遊園驚夢〉，有人小口輕啜僕人送來的紅糖薑水，之後再熱鬧再歡樂的宴會，還是得曲終人散，蟹盡人歸了。

記得那一天和父母回家的車上，父親和母親說起了今天主人大破費了，當時從港來台的大閘蟹非常昂貴，不知主人為何如此大宴親友分享家鄉美蟹。答案第二年就分曉了，親友都不知主人已有重疾在身，第二年主人就逝世了，原來那一

年的蟹宴也是主人對親朋好友與人生的告別謝宴。

一直到今日，吃大閘蟹這回事，對我都是既歡愉又有些悲哀的事，李漁說他自己嗜蟹一生，「每歲於蟹之未出時，即儲錢以待，因家人笑予以蟹為命，即自呼其錢為『買命錢』。」不知我那位伯伯是否也讀過《閒情偶寄》？自知命不長的他，決定好好買蟹花命錢。

李漁說他自己癖蟹，我也是個好吃蟹的人，而且對蟹極博愛，從台灣毛蟹、花蟹、處女蟳、北海道帝王蟹、越南膏蟹、寧波溫蟹等等都愛吃，當然也吃大閘蟹，卻因不是情有獨鍾，就顯現不出如李漁蟹癖之奇了。而我身邊剛好有一人有大閘蟹癖，此人乃我夫婿。他從小沒吃過大閘蟹，但對於各種蟹均不愛吃，每次我叫各種蟹，不管是蟹生、清蒸蟹、麵拖蟹、蟹釀桔等等，此兄都只吃一兩口後就懶得再動手，問他為何，都說嫌麻煩，我還想此人大概今生與蟹之美味無緣了。

沒想到，在二十多年前我們第一次探訪上海，我拉著他去吃大閘蟹，奇事就發生了，他老兄竟然一吃動情，完全不可理喻地就愛上了大閘蟹，而且對大閘蟹的反應可比我要強烈許多。據他說，他吃到了一種很香很香的滋味，就如李漁所

說「至其可嗜可甘與不可忘之故，則絕口不能形容之」。這種無法形容卻緊緊抓住他的味道，讓我先生如今每逢秋風起，就會問我何時去吃大閘蟹，我反問他，吃大閘蟹不嫌麻煩嗎？他都說絕不麻煩，這個如今還是不吃其他蟹，連吃蝦都嫌剝殼麻煩的人，卻可以一隻大閘蟹吃半小時吃得乾淨俐落，究竟何故？不可解也，只能說也許他前世曾為明清蘇州人，惟一愛吃的蟹即大閘蟹，如今轉世仍難忘前生嗜味。

我先生吃大閘蟹只吃清蒸水煮的原味，這是吃蟹的正宗吃法，袁枚在《隨園食單》中也說：「蟹宜獨食，不宜搭配他物。最好以淡鹽湯煮熟，自剝自食為妙。蒸者味雖全，而失之太淡。」李漁也說「世間好物，利在孤行，蟹之鮮而肥，甘而膩，白似玉而黃似金，以造色、香、味者之至極，更無一物可以上之。」

但大閘蟹是貴物，凡物貴，一定會有不少藉名之食，例如大閘蟹宴席上蟹羹、蟹粉豆腐、蟹黃小籠包、炒蝦蟹、蟹肉獅子頭、油醬蟹等等，這些蟹菜雖也好吃，但道道比不上清蒸水煮蟹的原汁原味，道理何在？就如最美的女人一定是青春不施脂粉的少女，一旦上粉抹彩，美則美矣，卻靈氣盡失，原味的大閘蟹也貴在那一股靈氣。我先生自認不是美食家，卻堅持吃大閘蟹只吃原味，那股他說不出的味道恐怕就是靈氣吧！

只是近年來大閘蟹的靈氣漸失，李漁若生於今日，也許就不必花太多買命錢了，現在逢金秋吃大閘蟹是應時應景之樂，卻不必如李漁所書：「自初出之日始，至告竣之日止，未嘗虛負一夕，缺陷一時。」只是從前李漁說的「不食螃蟹辜負蟹」，如今卻是「人工養蟹辜負蟹」，蟹之真味在好水好生態，當自然蒙難，蟹也沉淪。

最好吃的大閘蟹，當然是能野生迴遊於內河與大海之間的蟹；如今用人工放養，滋味香味均減去不少，難怪今之文人，歌頌起蟹的美味，就不如唐宋以迄明清的諸多癖蟹君子，如唐代皮日休〈詠蟹〉：「未遊滄海早知名，有骨還從肉上生，莫道無心畏雷電，海龍王處也橫行。」宋代曾寫《蟹譜》的高似孫，也寫過詩讚蟹包：「妙手能誇薄樣俏，桂香分入蟹為包。也知不枉持螯手，便是持螯亦草茅。」南宋另一以《山家清供》一書聞名的美食家林洪也寫下〈持蟹供〉一文：「尖臍蟹，秋風高，團者膏，請舉手，不必刀，羹以蒿，尤可饗。」清代還有一首黃子雲寫的〈食蟹歌〉：「柔膩或白芙蓉脂，塊壘或赤丹砂球。肉房櫛比犬牙錯，細理剔塊情綢繆。巨螯犖角霑柔毛，偏旁大小如吳鉤。齒力宛轉碎脫之，肌雪入口無停留。」

蟹啊蟹啊！汝之真味，原為天道自然，如今人道不彰，天之尤物，還能享用多久？望中華子孫多讀讀歷代文人詠蟹詩文，好好珍惜保存中華名物大閘蟹之靈氣吧！

和花草樹木學做人處世

只有親手種植的關係才能識得花草樹木之魂，這好比人和人的關係，賞花就如識人只得很表面的認識，沒有真正生活在一起，是無法看出人的真性情的。

幾年前搬家，住進了台北市中心二樓的華廈，當初挑上這間房，就因看上了這裡有寬大的室外空間，以市中心動輒每坪上百萬的屋價而言，竟然可有近六坪的長陽台加露台，也好讓我稍稍滿足一下種植花草樹木之心意。

人生常是這樣，太年少時擁有的事物並不知珍惜，往往失去後回憶當時才知可惜。我一直到近四十歲時才不可遏止地渴望住在一所有大院子的房屋，這個理想若真的敢搬到鄉村也不難完成，只是人生魚與熊掌不可兼得，我的工作又不能離開都市，但都市中雖然要啥有啥，偏偏土地最稀有，在都市中想有個院子，地價都可能要好幾億台幣了。

我這一代人，剛好出生在台灣由農業社會進入工業社會的變遷階段，在我二十歲以前，台北還是個到處有平房、處處可見稻田的地方。我在二十歲以前住在台北近郊的溫泉鄉新北投，那裡風景非常秀美，陽明山、大屯山、七星山環繞三邊，一邊開向淡水河沖積的關渡平原。童年的家在溫泉路的山凹處，是一所日式平房，屋前屋後都有院子，小時候看樹就是樹，只會享用，並不太知道花草樹木和地理、歷史的風土關係，長大了回想起，才知道當年家中種植的各種花草樹木都其來有自，例如屋後有一株長得甚高的檳榔樹和茂盛的麵包樹，恐怕是受早期北投原住民凱達格蘭族影響所種的樹木，因檳榔果、檳榔葉、麵包果、麵包葉都是原住民常食常用之物。但我爸媽一是江蘇人一是閩南人，都不識這兩物，因此每年都讓原住民免費來採摘。日後當我年長後去部落遊玩，吃到了麵包果，才可惜童年時竟不懂享用就在家院中生長的甜美的果實。

後院中還有幾株高大的果樹，可供我童年爬樹摘果，有枇杷樹、芒果樹、蓮霧樹、芭樂樹、楊桃樹，這些我一直認為是很台灣的果樹，長大後才知道大多是荷蘭人從東南亞引進台灣的水果。童年時這些水果都不用上街買，每到產季，吃都吃不完，真是幸福啊！可以往樹上一爬，學猴子般挑最成熟的果子來吃，也不怕有農藥殘餘，當時誰會灑農藥？也不用施肥，土地力還肥沃得很，長出來的土芒果、土芭樂、土蓮霧又香又甜，但曾幾何時，這些土水果都從土地上絕跡了，新培育的大芒果、大芭樂、大蓮霧的甜都要靠肥料養，吃來令人不放心。

後院的樹木都是果樹，前院的樹則以賞花為主，用途為輔。有一排的桂花樹，每到秋天飄香，尤其是晚上，香味深邃的連我睡在臥床上都聞得到，我常常就在桂香飄逸中入眠；少年時代的詩意也許就在桂香的潛移默化中養成。早春時，前院有兩株山櫻開滿粉紅的花，真是美喲！受過日本教育的外婆會把山櫻花小心地摘下，曬乾後和煎茶放在一起泡茶；秋天時，爸爸也會採下桂花放在細麻布上晾乾製成桂花醬煮酒釀湯圓。他們兩個人各有所需，一個是日式風情，一個是中國風情，山櫻花聽說是從前日據時代種下的，桂花則是台灣光復後外省文官種植的。

前院的另一邊是花園，種了山茶花、桃花、槴子花、菊花、杜鵑花、茉莉花、石榴花、繡毬花、夾竹桃、玉蘭花、玫瑰等等，春夏秋冬輪流開花。小時候並不太注意花時，但季季看、年年看，十幾年下來也會注意到早春的杜鵑花、桃花開了，接著是早夏的玫瑰、槴子花、玉蘭花，然後是盛夏的夾竹桃、石榴花，入秋時的繡毬花、菊花，入冬的山茶花。後來媽媽還種了聖誕紅，一到深冬整個花園就有了紅豔豔的聖誕紅，花園一年四季都有不同的姿態，但家中客廳每到過農曆年前都會在茶几上放上好幾盆的水仙蒜，春節一到一定會開滿了水仙花，讓早春的氣息悠然來到人間。

小時候分不清這些花草樹木的不同屬性品等，但心中卻也有不同的感受，初長時讀到李漁的《閒情偶寄》中〈種植部〉所記載的各項木本、藤本、草本、眾卉、竹木，拿來驗證年輕時的感受，只覺非常有趣，但還不能深得李漁之心。直等到四方遊歷又二十年後，看過了更多的花草樹木，對世間人情也有更多的了解，再加上失去了日常生活與土地和花園的聯繫，最後只得在都市露台上藉著大小盆栽尋回和花草樹木的舊情時，再重讀李漁之文，此時終於讀通了李漁所感。

李漁〈種植部〉中所記，都是他親手種植過的樹木，只有親手種植的關係才能識得花草樹木之魂，這好比人和人的關係，賞花就如識人只得很表面的認識，沒有真正生活在一起，是無法看出人的真性情的。

我在陽台上放置了大小盆栽，依著日光照射的高低，種植了各種草本、藤本、木本等等，這些植物因為長在陽台的盆栽中，不比童年家中的植物都長在泥土中，生命力自然比較脆弱，需要經常打理，也更受四時節氣與暑氣寒氣的影響。幾年下來，有的植物歷經挑戰都能恢復生機，有的植物雖屢屢敗北卻依然奮鬥向上，有的植物卻奄奄一息苟延殘喘，也有植物就此葬身淪亡了。面對這些植物的命運，如伴以李漁之文思之，每每可覓得人生真意也。

李漁文道：「草木之種類極雜。……木本堅而難痿，其歲較長者，根深故也。藤本之為根略淺，故弱而待扶，其歲猶以年紀。草木之根愈淺，故經霜輒壞，為壽止能及歲。是根也者，萬物短長之數也，欲豐其得，先固其根，吾於老農老圃之事，而得養生處世之方焉。

「人能慮後計長，事事求為木本，則見雨露不喜，而睹霜雪不驚；其為身也，挺然獨立，至於斧斤之來，則天數也。……則是藤本其身，止可因人而成事，人立而我立，人仆而我亦仆矣。至於木槿其生不為明日計者，彼且不知根為何物。」

只有親身種植過草本、藤本、木本植物者，才會真切地與李漁同感。我在剛開始設計陽台植物時，種植了不少香草盆栽，如百里香、鼠尾草、薄荷、迷迭香、馬約蘭、羅勒等等，整個陽台敞陰的一角養了數十盆香草，看了真歡喜。那一陣子常下廚，用的都是自己種的有機香草，朋友來訪，也都很羨慕我有這片香草花園。以前我在南歐旅行時，最喜歡參觀中世紀修道院的香草園，沒想到自己如今也能在台北的天空下享有用珍饈香草做菜的樂趣。但這樣的好景過不了好久，台北的氣候冬天並不嚴寒，香草草本並不怕霜雪侵害，從秋天長到冬天，到了春天再到早夏都還欣欣向榮，但一到大暑，氣溫高達攝氏三十六度時，加上陽台偶爾會有瞬間熱風吹來，不少細枝細嫩的香草植物如百里香、羅勒等就先陣亡了，真是如李漁所言，為壽止能及壽，我雖然會不斷更替新盆栽，但眼見這些嬌貴香草常常有過不了一年或過不了兩年、三年的，幾年下來只剩下可受熱的迷迭香還活得好好的。香草植物如此脆弱，當然不是珍貴之物，用來做菜也說得過去，但做人處世則千萬不可學香草不耐暑熱考驗，所謂人不可做溫室中的植物，指的就是這類脆弱的香草植物，做事只在乎表面工夫，不知深入根底，就容易事如浮雲，一下子就會過去，求知亦如此，不肯認真研究，知識就如香草，只能一時暫用。

草木植物中的水仙，李漁說其只有一時之命，冬季養花，春季開花，希臘人常以水仙比喻青春自戀之人甚有道理，青春何其短暫，只不過是人生四季中的一季，人若自戀也甚為短促，青春一過就自戀不起來了，種在陽台上的水仙就經常教我此等道理。

自古以來，高人逸士喜愛菊者甚多，尤以陶淵明的采菊東籬下最為出名，但李漁偏偏不愛菊，何以故？如果我不是親自種菊過就無法明白此理，原來菊花之美全仗人力，不似牡丹、芍藥之美可仗天工，養菊之人必須十分勤勞，從春徂秋，自朝迄暮，須無一刻之暇，才能養出豐麗而美觀之花，否則只能種出堪點綴疏籬的婆娑野菊。李漁認為種菊乃儒者之治業，太累了，我也深有同感，養花種樹既為怡情，還是種可成天公之美的逸品吧！

藤本植物，比草本命長，但不如木本堅實，必須掙扎求生。從前台灣作家楊

逵在台中東海花園種玫瑰，有著作《壓不扁的玫瑰花》一書，我在二十歲時曾拜訪他老人家，但當年還不太懂玫瑰花壓不扁之意，等到自己種玫瑰後才明白玫瑰花的生命力既脆弱又堅強，脆弱乃易受環境影響。我陽台上有一株黃玫瑰，初來時長得很茂盛，開滿了有如嬰兒手掌般豐美的黃玫瑰，但三年前大暑節氣時，氣候熱到爆，陽台上竟有不明的焚風，把整株玫瑰的葉子都燒焦了，枯葉紛紛掉落，玫瑰樹只剩下枯枝，本以為此樹活不了了，沒想到枯枝經秋冬兩季的沉潛，隔年春天竟然發新樹芽，只是長出來的葉子小了四分之三，後來開出的玫瑰花也小得有如錢幣大小，這株玫瑰已經長得不像從前的玫瑰了，但卻更讓我憐愛。如今這株玫瑰只能開出一朵、兩朵花，從來不見同時開上三朵以上，但奇怪的是，從此開花從不間斷，從春天到冬天常常都在開花，似乎在和世人宣告堅強的生命意志。我終於明白玫瑰花的可愛不在大鳴大放，而在不向環境低頭，怪不得崇尚自由精神的楊逵、殷海光、康同璧等人都愛玫瑰。

陽台上也種了桂花、玉蘭和山茶。桂花、玉蘭花貴在其香，只可惜這兩花如李漁所說「最不耐開，一開輒盡」，怪不得要把桂花製成醬，否則一地落花殊可惜。

玉蘭也是，台北馬路上常見兜售玉蘭花的小販，因為此花從含蕊到盛開不過兩三日，雖然很香，卻太短促，不像山茶最能持久，愈開愈盛。我有兩株山茶，一株純白，一株深紅，整個冬天無一天不可賞花，此花朵在樹枝上的附著力驚人，又美又堅強，怪不得法國設計師香奈兒喜歡山茶花。前兩年我發現在山茶花的樹枝纏繞處有一鳥巢，怪不得每天清晨都聽到母鳥餵食小鳥的鳴叫聲，鳥巢造得十分堅實，都是撿拾山茶的細枝細葉造成的。我很受這鳥巢的感動，天地何其大，不知這隻母鳥如何發現我家陽台上有一株可棲身養育小鳥的山茶樹，連小鳥都要有巢，我們人類實在不應該讓房子貴到讓許多人都買不起巢啊！

李漁談木本植物，最推崇梅，自我養了梅樹後也懂得了他的心意。在一年之初，最早開花的就是梅花，梅花開在隆冬，不像水仙要等春暖報春，梅花又開在殘枝上，讓人不解為何此花有如此生命力搶先綠芽勝出。開出的五瓣梅花又堅實，附在殘枝上近一個多月，又不怕寒流，真是愈冷愈開花；也不怕風，不像仲春的櫻花，一陣強風一吹就紛紛落花。日本人喜歡櫻花的短暫匆匆，象徵人生的無常；中國人喜歡梅花的堅強經得起考驗。櫻花是青春情懷，梅花卻是老年心腸。我的陽台上各有一株櫻樹與梅樹，如今人在中年，回顧青春、展望老年，開始明白人生不只要識得花草樹木之名，也要識得花草樹木之魂，才能明白做人處世之理，但要明白花草樹木之魂，就不能不如李漁所說要親自種植之方可明瞭，世間許多事不也這樣，不親身體驗之，哪裡能深入其心？

不敢不樂

雖然別的生命發生了極痛苦的悲劇，我們或許也曾跟著哭泣，但面對悲劇，並不代表我們就要對生命放棄歡樂，誰知道能在今年櫻花樹下花見酒的人們，明年在何方呢？

二〇一一年春天，日本發生三一一地震所造成的海嘯與輻射事件，使得當季的櫻花時節蒙上了悲哀的陰影。我身邊有些友人原本討論好的花見行程也因之取消，但我和夫婿還是按照了預定計劃前往京都。

四月上旬的京都，櫻花依如往年盛開，只是遊人比起昔日較為清落了些，反而增添了賞花的情緻，尤其今年看到櫻花燦爛，感觸特別多，櫻花本是無常之花，開得如花似夢時，只要天氣一變，來個稍大的雨，馬上花吹雪落英滿地，櫻花美景稍縱即逝，在日本遇上天地大災變之後觀之，更覺人生無常。

從前讀過李漁在《閒情偶寄》中談行樂，這回因京都觀櫻而浮上心頭，李漁說：「造物生人一場，為時不滿百歲。……即使三萬六千日盡是追歡取樂時，亦非無限光陰……又況此百年以內，日日死亡相告，謂先我而生者死矣，後我而生者亦矣……死是何物？……知我不能無死而日以死亡相告，是恐我也；恐我者，欲使及時為樂……康對山構一園亭，其地在北邙山麓，所見無非丘隴。客訊之曰：『日對此景，令人何以為樂？』對山曰：『日對此景，乃令人不敢不樂。』」

這一回在京都，真是懂得了不敢不樂的意思。往昔到祇園的圓山公園賞櫻，看年輕的男女，尤其那些看來像初入社會，身上穿著廉價的上班族西裝與套裝的公司社員，坐在鋪著藍膠布的草地上，吃著附近便利商店買來的壽司、沙拉、泡麵等等，喝著易開罐的清酒，一群人喧鬧著青春的話語，在落櫻紛飛的樹下度過他們稍縱即逝的花樣年華。

以前我看到這些賞櫻時吵吵鬧鬧不能不醉花見的青年人時，內心並不歡喜，

中年的我喜愛的不免是清幽的賞櫻意境，在人潮尚未湧現前獨自在白川南通或哲學之道踩著一夜落櫻的足跡漫步，但這一回看著青春在櫻花樹下喧囂，想到那些隨著海浪而逝的人們，其中也有一樣年輕或更稚嫩的生命，也許都還不曾在櫻花樹下醉過酒呢？眼前的花見情景，突然讓我濕了眼，人生真是不敢不樂啊！雖然別的生命發生了極痛苦的悲劇，我們或許也曾跟著哭泣，但面對悲劇，並不代表我們就要對生命放棄歡樂，誰知道能在今年櫻花樹下花見酒的人們，明年在何方呢？今年不一起同樂，也許明年就各分東西、生死兩隔了。

櫻花本來就是特別華美，也因此特別脆弱，櫻花似人生，如露亦如電，雖然年年有美景，景在人卻未必在。

櫻花最像青春，美得如此放肆嘩然，卻又如此匆促。有一天在花見小路上分別看到祇園的舞妓和藝妓走過夾道盛開的櫻花樹，突然發現年輕的舞妓和怒放的櫻花如此相配，那種不可遏止地跟天地爭輝的青春能量。當下覺得舞妓是櫻花，但熟年的藝妓，雖然如此優雅，卻不那麼適合櫻花，有著歲月容顏的她們適合秋楓的幽美。

春櫻、夏綠、秋楓、冬雪，都是生命之美，面對此情此景，只要活著，真是令人不敢不樂。

但人如何行樂呢？李漁在《閒情偶寄》中的〈頤養部〉，花了不少篇幅談行樂。李漁把行樂依階級、財富分為貴人行樂、富人行樂、貧賤行樂，依處境分為在室家庭行樂、出外道途行樂，又依季節分為春夏秋冬的不同行樂之法，還有隨時即景就事行樂之法，李漁寫行樂一文浩浩蕩蕩，可見行樂有大學問也。本文因篇幅所限先談四季的行樂法，下一篇再細談其他。

讀者閱文此際應是秋季，秋季在四季中最宜出遊，只可惜你知我知大家知，京都秋楓盛景尤勝春櫻，但光是訂旅館就得早兩三個月前預訂。有一回楓紅秋日，我和先生買了機票就隨性出發，差點在京都流落街頭，從此寧可看深秋落楓。

李漁寫秋季行樂之法，也勸人「有山水之勝者，乘此時蠟屐而遊」，他又說秋季宜訪老友：「有金石之交者，及此時朝夕過從，不則交臂而失。」我思索著為何秋季宜會金石交，恐怕和古人道途不便，夏冬不宜出門，春季人心思春，想會的恐怕是密友而非金石交。

有一說秋日和，所謂金石交，一定是相交深而和諧者，秋季會老友，春季交新友，也是季節人情之分野。秋季也是收穫季，我喜歡秋日到歐洲的酒鄉看摘葡萄釀新酒。義大利林間的牛肝菌、日本山野的秋蕈都在此時成熟，秋季是味覺之秋，李漁談秋季行樂，竟然沒談吃大閘蟹喝黃酒，行樂當及時，否則「又負一年之約矣」。

冬日行樂，必須不怕風雪。有一回冬日我到匈牙利的布達佩斯居遊，那裡下起大風雪時會深至膝蓋，出門走路十分不易，但窩在旅館中的我，對著窗外白茫茫大地卻心生極樂，何也?平常不懂暖和之樂，因大雪狂飛，守候屋內的我，光是一床溫暖的羽絨被就有天堂之感。

李漁寫到：「冬天行樂，必須設身處地，幻為路上行人，備受風雪之苦，然後回想在家，則無論寒燠晦明，皆有勝人百倍之樂矣。」這段話是什麼意思？換成大白話就是，人之樂有兩端，一是真好我在其中之樂，一是好險我不在那裡之樂。李漁認為冬日宜回想自己不在的苦境中，此話說得真妙，人腦本有選擇性的記憶。我曾冬日長途跋涉於寒流狂風暴雪中，當時真苦，當然不能說樂，但只要想到快要走進一間有爐火的屋子，心中就升起了快樂的期待，等到真的脫離苦境後，反而因回想苦境而生樂。君不見富人最喜之事即回憶從前的窮日，只有憶苦才能思甜，人生只有到了冬日，才懂得青春有多美好，但在青春當時誰珍惜過青春年華啊！

李漁曰：「春之為令，即天地交歡之候，陰陽肆樂之時也。人心至此，不求暢而自暢。」

若以春日比喻人生，春季行樂有如青春行樂，「不求暢而自暢」即為自high，很容易開心，但也很容易情緒起伏過大，秋日和氣，三春神旺氣暢，容易過情。人生只見我於青春無悔，在春櫻下花見鬧酒可；誰見我於中年無悔，在秋楓紅葉下恐怕就得沉思悟道了。

春遊宜喧，秋遊宜靜，古代春日上巳三月三踏青，源自遠古郊外野合的傳統。據說人體在春季的性荷爾蒙激素會增加，思春之意是有生理反應基礎的，少年人血氣方剛，也和季節的造化同理。季節的春天年年來去，繁花盛景的園子花開花謝年年有，但人生的春天卻只有一季，少年時不能樂，何時再有青春樂？管教少年的父母可要拿捏得分寸，莫負青春少年頭啊！

這幾年地球溫室效應產生的極端氣候，夏季酷熱，讓不少人難過三伏天。俗話說：「過得七月半，便是鐵羅漢。」夏季本是一年之中「陰陽爭，死生分」的日子，現代人靠冷氣來暫時疏解，但冷氣機排放熱氣使得不少城市如台北、上海比緯度南方的城市氣溫更高。

夏季如何行樂？法國人會往普羅旺斯、蔚藍海岸跑，義大利人、英國人、德國人、荷蘭人等等也愛往海濱泡水，在大太陽下曬出一身老人斑或皮膚癌，東方人多不喜和盛夏如此正面對抗，李漁認為：「天地之氣，閉藏於冬；人身之氣，當令閉藏於夏。」因此夏日行樂最宜「刻刻偷閒以行樂」，光憑此語，便知這是中老年人的夏季行樂。我在童年、青少年時，根本不怕大太陽，酷暑當頭還是天天往外跑，曬到全身如蝦殼脫皮，等到開始懂得避夏時，已入中年，當時人在倫敦，身邊歐洲人都在迎接陽光，只有我等東方體質躲在海德公園的樹蔭下。當時我思索著文明亦有少年、壯年、熟年、老年之分，老年文明後裔都躲太陽，像埃及人、印度人、中國人，法國人是熟年文明，若去海濱也會躲在遮陽棚下，只有少年的美國文明，才不怕炎蒸烈陽。

李漁在寫道夏日行樂時，提及他的一生，得享列仙之福者，僅有三年，當時的他：「予絕意浮名，不干寸祿，山居避亂，反以無事為榮。夏不謁客，亦無客至，匪止頭巾不設，並衫履而廢之。或裸處亂荷之中，妻孥覓之不得；或偃臥長松之下，猿鶴過而不知。洗硯石於飛泉，試茗奴以積雪；欲食瓜而瓜生戶外，思啖果而果落樹頭，可謂極人世之奇閒，擅有生之至樂者矣。」

此等奇閒，我亦懂得。

一九九二年至一九九七年的五年間，我閒居在倫敦海德公園北邊小屋，偷得五年閒，啥事也沒做，尤其是夏日，公園走走，露天市場買小菜、回家看閒書、天天睡小午覺，既享懶福也享清福，如今回想昔年，真是樂也，即使今日不得閒，仍能心中偷樂。

簡單行樂之況味

生活日常事中有大樂亦有小樂，貴富窮者若有樂心，皆可得之，若心不懂其樂，皆為不得不為之煩雜，如何識得簡單行樂況味，就在把心打開，心打開了就開心，開心當然樂啊！

執筆寫此篇時，我剛從義大利旅行近一個月返台，踏進家中第一個感覺就是回家真樂，旅行難道不樂？人到中年後，才明白旅行「Travel」此語的拉丁文字根之意為「受苦」。但人為什麼要旅行？因為旅行會讓人興奮，可以增廣見聞，可以豐富生活，旅行中看美景吃美食都是美事，卻未必全是樂事，因為旅行很累，人只要累，就很難享受簡單的行樂。

李漁寫作《閒情偶寄》時，已過半百之年，全書正式印行時，李漁已六十一歲，何謂人生樂事？如何行樂？李漁早已識得其中況味。因此李漁談行樂特別有味。在「貴人行樂之法」中說道：「樂不在外而在心。心以為樂，則是境皆樂；心以為苦，則無境不苦。」李漁認為貴人最易多事，不多一事，才能得逸，偏偏大部分的貴人最怕別人不知其貴，每每要爭先恐後日理萬機諸事不得閒，李漁對此等貴人之建議在勸其用退一步法，貴人行樂必先知足才可。

李漁認為最難行樂的是富人，此話怎說？一般人或多以為富人錢多買快樂也易，偏不知快樂最難買到，金錢也許可以買到滿足和興奮，卻不容易買到快樂，否則為何富人要一買再買？買得珠寶、華廈、美人，還要繼續買別人的肯定與羨慕，但最終買到了快樂了嗎？為何李漁認為富人行樂難，因為行樂固然需要有資金，但資金太多，反為累人之具。錢太多則生煩惱，在旅行途中還得關心金融市場的起伏；錢太多分財有分的煩惱，不分亦有不分的嫌隙；錢太多容易增生物質慾望，不管是買東西置產理財都會消耗人的元氣，天天營營役役、盤算計較，哪得清風明月之悠閒清靜與心安理得？此理李漁說得好：「財多則思運……一運則經營慘淡，坐起不寧，其累有不可勝言者。財多必善防，不防則為盜賊所有，而且以身殉之；然不防則已，一防則驚魂四繞，風鶴皆兵。」

富人行樂難，若要行樂，李漁勸其「多分則難，少斂則易」。少斂心思平，心思平才有行樂的餘地。

世以為窮人百事哀，其實不然，窮人最哀之事就是沒錢，沒有比沒錢更大的煩惱了。窮人生病，不會哀聲嘆氣、自怨自艾，只會想趕緊好起來去養家活口，窮人有時反而比富人更懂苦中作樂之道。李漁建議窮人行樂之祕方亦在退一步法，不要往上比，人比人氣死人，李漁寫道：「我以妻子為累，尚有鰥寡孤獨之民，求為妻子之累而不能者；我以胼胝為勞，尚有身繫獄廷，荒蕪田地，求安耕鑿之生而不可得者。」

不管是貴人、富人、窮人，世間亦有隨時即景就事之行樂，是為簡單行樂。不過是睡或沐浴之事，此等生活日常事中有大樂亦有小樂，貴富窮者若有樂心，皆可得之，若心不懂其樂，皆為不得不為之煩雜，如何識得簡單行樂況味，就在把心打開，心打開了就開心，開心當然樂啊！

關於睡之樂，李漁寫道：「養生之訣，當以善睡居先。睡能還精，睡能養氣，睡能健脾益胃，睡能堅骨壯筋。」以上之言，在我過中年之後，從親身經驗中引為至理。年輕時不會懂得睡能還精養氣之理，常常拖著身子熬夜不睡也不想睡，現在每天勞形役神，最盼就是一天下來上床好睡一場。

現在的我，每每到晚上十一點前就想上床，上得床時都覺得很幸福，因為可以拋下塵俗進夢鄉了。我常覺得自己是好命好睡之人，頭一放在枕頭上，通常十分鐘內（會稍微想一下一天的心事），一定能入睡，但一年之中也偶爾會有三、四次不容易入眠之夜，那一定是有難解的俗事，這等讓我不好睡的事，我一定會立即置之腦後或放下牽掛或化解其煩。總之，我絕不能接受不能好睡之事，但我也認識經常失眠或夜夜吃安眠藥這樣的人；這些人不管外表是否快樂，心一定是不懂放下之樂的。

我每日盡量睡到自然醒，很少用鬧鐘，也盡量不排要事在晨，以免影響睡眠。我的睡眠時間有時七八小時，有時八九小時，通常早睡就睡得短，晚睡就睡得長，我絕不控制睡眠時間，但我關心睡眠品質，當我睜開眼時覺得渾身輕盈、神清氣爽又有幸福感時就是睡夠了；如果還感到消沉睏怠不太想睜眼，那我一定就繼續睡，等睡夠了再清醒。我身邊亦有些十分努力上進的社會賢達貴人，其中不少規定自己每天只能睡四五小時，奉行這種省時間賺人生的成功習慣者也確實成功了，但這些人卻絕少容光煥發、面帶幸福笑意者，大多看來有些憂鬱沉重，我偶爾問他們，你們快樂嗎？當然從未有人予我肯定答覆。

好睡的我，不用找人按摩筋骨，平日筋骨稍有呆滯，一夜好睡就能恢復暢快，有時身體有小病痛，我也不看醫生，如果好睡一夜，沒事就沒事了，要等睡好還解決不了的病才值得去找醫生。這點很像李漁在《閒情偶寄》中引用的〈睡詩〉：「花竹幽窗午夢長，此中與世暫相忘。華山處士如容見，不覓仙方覓睡方。」

李漁提到長夏最宜午睡，此話至真，因為夏日中人的活動時間長，常早起晚睡，況且暑氣傷身，宜午後補眠。我的工作室離住家甚近，夏日午後最喜回家沖澡，換上清爽睡衣，躺在既涼且靜的睡榻上稍睡三、四十分鐘，小睡醒來時世界有如初生時靜好，有這樣的能量補充，生活如何不樂乎！

李漁談睡中三昧，最妙者在不可「有心覓睡，覓睡得睡，其為睡也不甜。必

先處於有事，事未畢而忽倦，睡鄉之民自來招我」。這種看書、看電視、聽音樂到了一半，忽然睏極，不管人在何方，腦子陷入昏沉，忽然睡去，往往陷入極黑甜之睡鄉，即使有時只睡不到十分鐘，醒來時嘴邊竟然睡沉到流了口水，這樣的倦極而睡，是最美妙的睡，睡的不只是眼，連心都睡了啊！

睡是人生一大樂事，但往往能過簡單生活的人才睡得好，此為天官賜福，睡龍床、黃金床的人，未必比睡稻草鋪著睡得好。人若有煩惱一定睡不好，能睡是福人，福氣在心寬、心閒、心靜、心安也。

李漁也談到沐浴之樂，沐浴可當大事看。遠古人類祭天拜神一定得齋戒沐浴以示神聖尊重，此乃恢復人之處子出生之境，但如今沐浴也被看作日常之事，每天洗澡慣了，就忘了淨身不只淨感官之身，也淨心靈之身。

我是個極愛沐浴之人，盛夏之月，一天最少沐浴三次，晨起梳洗、午後沖涼、睡前靜浴，洗得心平氣和、心靜理明。我常言：如果想做什麼事但懸而未決時，就先去沖個澡，沖澡後換上睡衣，還想做的事才可當真考慮，否則就罷了吧！另外我也看過俄國大文學家杜斯妥也夫斯基關於沐浴的名言：「好好洗一頓熱水澡

的道德療效比上教堂還有用。」沐浴不管是涼水或熱水，洗的不只是肉身，更洗滌了心靈。人若沾染太多世俗與心靈的塵垢，必然無法行樂，好好洗澡，洗肉身也洗心，洗心乾淨了，自然就懂得簡單行樂之況味。

附錄：《閒情偶寄》（節選）◎李漁

飲饌部

蔬食第一

吾觀人之一身，眼耳鼻舌，手足軀骸，件件都不可少。其儘可不設而必欲賦之，遂為萬古生人之累者，獨是口腹二物。口腹具而生計繁矣，生計繁而詐偽奸險之事出矣，詐偽奸險之事出，而五刑不得不設。君不能施其愛育，親不能遂其恩私，造物好生，而亦不能不逆行其志者，皆當日賦形不善，多此二物之累也。草木無口腹，未嘗不生，山石土壤無飲食，未聞不長養。何事獨異其形，而賦以口腹？即生口腹，亦當使如魚蝦之飲水，蜩螗[1]之吸露，儘可滋生氣力，而為潛躍

1 蜩螗：即蟬。

飛鳴。若是，則可與世無求，而生人之患熄矣。乃既生以口腹，又復多其嗜欲，使如谿壑之不可厭；多其嗜欲，又復洞其底裡，使如江海之不可填。以致人之一生，竭五官百骸之力，供一物之所耗而不足哉！吾反覆推詳，不能不於造物是咎，亦知造物於此，未嘗不自悔其非，但以制定難移，只得終遂其過。甚矣！作法慎初，不可草草定制。吾輯是編而謬及飲饌，亦是可已不已之事。其止崇儉嗇，不導奢靡者，因不得已而為造物飾非，亦當慮始計終，而為庶物弭患。如逞一己之聰明導千萬人之嗜欲，則匪特禽獸昆蟲無噍類，吾慮風氣所開，日甚一日，焉知不有易牙[2]復出，烹子求榮，殺嬰兒以媚權奸，如亡隋故事者哉！一誤豈堪再誤，吾不敢不以賦形造物視作覆車。

聲音之道，絲不如竹，竹不如肉，為其漸近自然。吾謂飲食之道，膾不如肉，肉不如蔬，亦以其漸近自然也。草衣木食[3]，上古之風，人能疏遠肥膩，食蔬蕨而

---

2 易牙：又稱狄牙或雍巫。春秋時齊桓公寵臣，擅長調味烹飪，巧於逢迎上位，傳說易牙曾烹其子為羹，獻給齊桓公。

3 草衣木食：編草為衣，以木為食，形容生活過得清苦。

甘之，腹中菜園，不使羊來踏破[4]，是猶作羲皇[5]之民，鼓唐虞[6]之腹，與崇尚古玩同一致也。所怪於世者，棄美名不居，而故異端其說，謂佛法如是，是則謬矣。吾輯《飲饌》一卷，後肉食而首蔬菜，一以崇儉，一以復古，至重宰割而惜生命，又其念茲在茲而不忍或忘者矣。

筍

論蔬食之美者，曰清、曰潔、曰芳馥、曰鬆脆而已矣。不知其至美所在，能居肉食之上者，只在一字之鮮。《記》曰：「甘受和，白受采。」[7]鮮，即甘之所從出也。此種供奉，惟山僧野老躬治園圃者，得以有之；城市之人向賣菜傭求活者，不得與焉。然他種蔬食，不論城市山林，凡宅旁有圃者，旋摘旋烹亦能時有

4 腹中菜園，不使羊來踏破：不使腹中蔬菜受肉之腥而遭踐踏；羊，泛指肉食。

5 羲皇：即伏羲氏。

6 唐虞：即唐堯、虞舜，皆為古時傳中的五帝。

7 甘受和，白受采：此出自〈禮記・禮器篇〉，意為甘美的東西因為純樸而容易調味，潔白的東西則易於上色。

其樂。至於筍之一物，則斷斷宜在山林。城市所產者，任爾芳鮮，終是筍之剩義。此蔬食中第一品也。肥羊嫩豕，何足比肩？但將筍肉齊烹合盛一簋，人止食筍而遺肉，則肉為魚而筍為熊掌可知矣。購於市者且然，況山中之旋掘者乎？食筍之法多端，不能悉紀，請以兩言概之，曰：「素宜白水，葷用肥豬。」茹齋者[8]食筍，若以他物伴之、香油和之，則陳味奪鮮，而筍之真趣沒矣。白烹俟熟，略加醬油，從來至美之物皆利於孤行，此類是也。以之伴葷，則牛羊雞鴨等物，皆非所宜，獨宜於豕，又獨宜於肥。肥非欲其膩也，肉之肥者能甘，甘味入筍，則不見其甘，但覺其鮮之至也。烹之既熟，肥肉盡當去之，即汁亦不宜多存，存其半而益以清湯。調和之物，惟醋與酒。此製葷筍之大凡也。筍之為物，不止孤行並用各見其美，凡食物中無論葷素皆當用作調和。菜中之筍與藥中之甘草，同是必需之物，有此則諸味皆鮮，但不當用其渣滓，而用其精液。庖人之善治具者，凡有焯筍之湯悉留不去，每作一饌，必以和之，食者但知他物之鮮，而不知有所以鮮之者在也。《本草》中所載諸食物，益人者，不盡可口；可口者，未必益人，求能兩擅其長者，

8 茹齋者：吃齋飯素菜的人；茹：意指吃。

莫過於此。東坡云：「寧可食無肉，不可居無竹。無肉令人瘦，無竹令人俗。」不知能醫俗者，亦能醫瘦，但有已成竹未成竹之分耳。

蕈

求至鮮至美之物於筍之外，其惟蕈[9]乎？蕈之為物也，無根無蒂，忽然而生，蓋山川草木之氣，結而成形者也。然有形而無體。凡物有體者必有渣滓，既無渣滓，是無體也。無體之物，猶未離乎氣也。食此物者，猶吸山川草木之氣，未有無益於人者也。其有毒而能殺人者，《本草》云以蛇蟲行之故。予曰不然。蕈大幾何，蛇蟲能行其上？況又極弱極脆而不能載乎！蓋地之下有蛇蟲，蕈生其上，適為毒氣所鍾，故能害人。毒氣所鍾者能害人，則為清虛之氣所鍾者，其能益人可知矣。世人辨之原有法，苟非有毒，食之最宜。此物素食固佳，伴以少許葷食尤佳。蓋蕈之清香有限，而汁之鮮味無窮。

9蕈：泛指傘菌類植物，如蘑菇。

蓴

陸之蕈，水之蓴[10]，皆清虛妙物也。予嘗以二物作羹，和以蟹之黄，魚之肋，名曰，「四美羹」。座客食而甘之，曰：「今而後，無下箸處矣！」

菜

世人製菜之法，可稱百怪千奇，自新鮮以至於醃糟醬臘，無一不曲盡奇能，務求至美，獨於起根發軔[11]之事缺焉不講，予甚惑之，其事維何？有八字訣，云：「摘之務鮮，洗之務淨。」務鮮之論，已悉前篇。蔬食之最淨者，曰筍，曰蕈，曰豆芽；其最穢者，則莫如家種之菜。灌肥之際，必連根帶葉而澆之；隨澆隨摘，隨摘隨食，其間清濁，多有不可問者。洗菜之人，不過浸入水中，左右數漉，其事畢矣。孰知汙穢之濕者可去，乾者難去，日積月累之糞，豈頃刻數漉之所能盡哉？故洗菜務得其法，並須務得其人，以懶人、性急之人洗菜，猶之乎弗洗也。洗菜之法，

10蓴：蓴菜，又稱做水葵，為一種水生植物，味道鮮美甘甜。

11起根發軔：軔，車閘；發軔，拿掉支柱車輪的木頭使車前進。與「起根」意同，為事情剛開始。

入水宜久，久則乾者浸透而易去；洗葉用刷，刷則高低曲折處皆可到，始能滌盡無遺。若是，則菜之本質淨矣，本質淨而後可加作料，可盡人工，不然是先以汙穢作調和，雖有百和之香，能敵一星之臭乎？噫！富室大家食指繁盛者，欲保其不食汙穢，難矣哉！

菜類甚多，其傑出者則數黃芽。此菜萃於京師而產於安肅[12]，謂之「安肅菜」，此第一品也。每株大者可數斤，食之可忘肉味。不得已而思其次，其惟白下之水芹乎！予自移居白門，每食菜、食葡萄，輒思都門；食筍、食雞豆，輒思武陵[13]。物之美者，猶令人每食不忘，況為適館授餐之人乎？

菜有色相最奇，而為《本草》、《食物志》諸書之所不載者，則西秦所產之頭髮菜是也。予為秦客，傳食於塞上諸侯。一日脂車將發，見炕上有物，儼然亂髮一捲，謬謂婢子櫛髮所遺，將欲委之而去。婢子曰：「不然，群公所餉之物也。」詢之土人，知為頭髮菜。浸以滾水，拌以薑醋，其可口倍於藕絲、鹿角[14]等菜。

12安肅：今於河北徐水縣。

13武陵：今於湖南常德市。

14鹿角：一種藻類植物，可食用或供製作糊料用。

攜歸餉客[15]，無不奇之，謂珍錯中所未見。此物產於河西，為值甚賤，凡適秦者皆爭購異物，因其賤也而忽之，故此物不至通都，見者絕少。由是觀之，四方賤物之中，其可貴者不知凡幾，焉得人人物色之？髮菜之得至江南，亦千載一時之至幸也。

瓜、茄、瓠、芋、山藥

瓜、茄、瓠、芋[16]諸物，菜之結而為實者也。實則不止當菜，兼作飯矣。增一簋菜可省數合糧者，諸物是也。一事兩用，何儉如之？貧家購此，同於羅粟。但食之各有其法：煮冬瓜、絲瓜忌太生，煮王瓜、甜瓜忌太熟；煮茄、瓠利用醬醋而不宜於鹽；煮芋不可無物伴之，蓋芋之本身無味，借他物以成其味者也；山藥則孤行並用，無所不宜，並油鹽醬醋不設亦能自呈其美，乃蔬食中之通材也。

蔥、蒜、韭

15 餉客：以食物款待客人。

16 瓠芋：瓠，即瓠瓜，又叫「扁蒲」，俗稱「葫蘆」；芋，俗稱「芋頭」。

蔥、蒜、韭三物，菜味之至重者也。菜能芬人齒頰者，香椿頭是也；菜能穢人齒頰及腸胃者，蔥、蒜、韭是也。椿頭明知其香而食者頗少；蔥、蒜、韭盡識其臭而嗜之者眾，其故何歟？以椿頭之味雖香而淡，不若蔥、蒜、韭之氣甚而濃。濃則為時所爭尚，甘受其穢而不辭；淡則為世所共遺，自薦其香而弗受。吾於飲食一道，悟善身處世之難。一生絕三物不食，亦未嘗多食香椿，殆所謂「夷、惠之間」[17]者乎？

予待三物有差。蒜則永禁弗食；蔥雖弗食，然亦聽作調和；韭則禁其終而不禁其始，芽之初發，非特不臭，且具清香，是其孩提之心之未變也。

蘿蔔

生蘿蔔切絲作小菜，伴以醋及他物，用之下粥最宜，但恨其食後打噯[18]，噯必穢氣。予嘗受此厄於人，知人之厭我亦若是也，故亦欲絕而弗食。然見此物大異蔥、蒜，生則臭，熟則不臭，是與初見似小人而卒為君子者等也。雖有微過，亦當恕之，仍食勿禁。

17 夷、惠之間：伯夷與柳下惠，兩人均為古代的清高之士。

18 打噯：打嗝之意，胃裡的氣體從口裡排出，並發出聲音。

芥辣汁

菜有具薑桂之性者乎？曰：有，辣芥[19]是也。製辣汁之芥子，陳者絕佳，所謂愈老愈辣是也。以此拌物，無物不佳。食之者如遇正人，如聞讜論[20]，困者為之起倦，悶者以之豁襟，食中之爽味也，予每食必備，竊比於夫子之不撤薑也。

穀食第二

食之養人，全賴五穀[21]。使天止生五穀而不產他物，則人身之肥而壽也，較此必有過焉，保無疾病相煎，壽夭不齊之患矣。試觀鳥之啄粟、魚之飲水，皆止靠一物為生，未聞於一物之外，又有為之餚饌酒漿、諸飲雜食者也。乃禽魚之死，

19芥：芥菜類蔬菜，其莖有辛辣味，可以製作成芥辣粉和芥辣汁。
20讜論：正直之言。
21五穀：為稻、黍、稷、麥、豆此五種穀物，後多泛指糧食。

皆死於人，未聞有疾病而死，及天年自盡而死者，是止食一物，乃長生久視之道也。人則不幸而為精腆[22]所誤，多食一物，多受一物之損傷，少靜一時，少安一時之澹泊。其疾病之生，死亡之速，皆飲食太繁，嗜欲過度之所致也。此非人之自誤，天誤之耳。天地生物之初，亦不料其如是，原欲利人口腹，孰意利之反以害之哉！然則人欲自愛其生者，即不能止食一物，亦當稍存其意，而以一物為君。使酒肉雖多，不勝食氣，即使為害，當亦不甚烈耳。

飯、粥

粥飯二物，為家常日用之需，其中機彀，無人不曉，焉用越俎者強為致詞？然有喫緊二語，巧婦知之而不能言者，不妨代為喝破，使姑傳之媳，母傳之女，以兩言代千百言，亦簡便利人之事也。先就粗者言之。飯之大病，在內生外熟，非爛即焦；粥之大病，在上清下澱，如糊如膏。此火候不均之故，惟最拙最笨者有之，稍能炊爨者必無是事。然亦有剛柔合道，燥濕得宜，而令人咀之嚼之。有粥飯

22 精腆：精美豐盛。腆，為豐厚美好之意。

之美形，無飲食之至味者，其病何在？曰：挹水無度，增減不常之為害也。其喫緊二語，則曰：「粥水忌增，飯水忌減。」米用幾何，則水用幾何，宜有一定之度數。如醫人用藥，水一鐘或鐘半，煎至七分或八分，皆有定數。若以意為增減，則非藥味不出，即藥性不存，而服之無效矣。不善執爨者，用水不均，煮粥常患其少，煮飯常苦其多。多則逼而去之，少則增而入之，不知米之精液，全在於水，逼去飯湯者，非去飯湯，去飯之精液也。精液去則飯為渣滓，食之尚有味乎？粥之既熟，水米成交，猶米之釀而為酒矣。慮其太厚而入之以水，非入水於粥，猶入水於酒也。水入而酒成糟粕，其味尚可咀乎？故善主中饋[23]者，挹水時，必限以數，使其勺不能增，滴無可減，再加以火候調勻，則其為粥為飯，不求異而異乎人矣。

宴客者有時用飯，必較家常所食者稍精。精用何法？曰：使之有香而已矣。予嘗授意小婦，預設花露[24]一盞，俟飯之初熟而澆之，澆過稍閉，拌勻而後入碗。食者歸功於穀米，詫為異種而訊之，不知其為尋常五穀也。此法秘之已久，今始

23 中饋：取自〈易經・家人〉：「天悠遂，在中饋。」指一般家庭中的飲食。

24 花露：以花瓣釀成的液汁。

告人。行此法者，不必滿釜澆遍，遍則費露甚多，而此法不行於世矣。止以一盞，澆一隅，足供佳客所需而止。露以薔薇、香櫞、桂花三種為上，勿用玫瑰，以玫瑰之香，食者易辨，知非穀性所有。薔薇、香櫞、桂花三種，與穀性之香者相若，使人難辨故用之。

湯

湯即羹之別名也。羹之為名，雅而近古；不曰羹，而曰湯者，慮人古雅其名，而即鄭重其實，似專為宴客而設者。然不知羹之為物，與飯相俱者也。有飯即應有羹，無羹則飯不能下，設羹以下飯，乃圖省儉之法，非尚奢靡之法也。古人飲酒，即有下酒之物；食飯，即有下飯之物。世俗改下飯為「廈飯」，謬矣。前人以讀史為下酒物[25]，豈下酒之「下」亦從「廈」乎？「下飯」二字，人謂指餚饌而

25以讀史為下酒物：據明萬曆蕭良有《龍文鞭影》載，更早有南宋龔明之《中吳紀聞》載，北宋詩人蘇舜欽曾讀《漢書》下酒，故有此一說。

言，予曰不然。餚饌乃滯飯之具，非下飯之具也。食飯之人見美饌在前，匕箸遲疑而不下，非滯飯之具而何？飯猶舟出，羹猶水也；舟之在灘，非水不下，與飯之在喉，非湯不下，其勢一也。且養生之法，食貴能消；飯得羹而即消，其理易見。故善養生者，吃飯不可不羹；善作家者，吃飯亦不可無羹。宴客而為省饌計者，不可無羹；即宴客而欲其果腹始去，一饌不留者，亦不可無羹。何也？羹能下飯，亦能下饌故也。近來吳越[26]張筵，每饌必注以湯，大得此法。吾謂家常自膳，亦莫妙於此。寧可食無饌，不可飯無湯。有湯下飯，即小菜不設亦可使哺啜如流；無湯下飯，即美味盈前亦有時食不下咽。予以一赤貧之士，而養半百口之家，有飢時而無饉日者，遵是道也。

糕餅

穀食之有糕餅，猶肉食之有脯膾。《魯論》云：「食不厭精，膾不厭細。」製糕

26 吳越：春秋時，吳國與越國的並稱，現指浙江、江蘇一帶。

餅者於此二句，當兼而有之。食之精者，米麥是也；膾之細者，粉麵是也。精細兼長，始可論及工拙。求工之法，坊刻所載甚詳，予使拾而言之，以作製餅製糕之印板，則觀者必大笑，曰：「笠翁不拾唾餘，今於飲食之中，現增一副依樣葫蘆矣！」馮婦下車[27]，請戒其始。祇用二語括之，曰：「糕貴乎鬆，餅利於薄。」

麵

南人飯米，北人飯麵，常也。《本草》云：「米能養脾，麥能補心。」各有所裨於人者也。然使竟日窮年止食一物，亦何其膠柱口腹，而不肯兼愛心脾乎？予南人而北相，性之剛直似之，食之強橫亦似之。一日三餐，二米一麵，是酌南北之中，而善處心脾之道也。但其食麵之法，小異於北，而且大異於南。北人食麵

27馮婦下車：典故出自〈孟子・盡心上〉，相傳春秋時，晉國有一勇士馮婦，擅打虎，後從善。一次眾人追捕虎，原以為已改善行的馮婦正巧經過，居然攘臂下車再次打虎。後引申為重操舊業。

多作餅，予喜條分而縷晰之，南人之所謂「切麵」是也。南人食切麵，其油鹽醬醋等作料，皆下於麵湯之中，湯有味而麵無味，是人之所重者不在麵而在湯，與未嘗食麵等也。

予則不然，以調和諸物盡歸於麵，麵具五味而湯獨清，如此方是食麵，非飲湯也。所製麵有二種，一曰「五香麵」，一曰「八珍麵」。五香膳己，八珍餉客，略分豐儉於其間。五香者何？醬也，醋也，椒末也，芝麻屑也，焯筍或煮蕈、煮蝦之鮮汁也。先以椒末、芝麻屑二物拌入麵中，後以醬醋及鮮汁三物和為一處，即充拌麵之水，勿再用水。拌宜極勻，擀宜極薄，切宜極細，然後以滾水下之，則精粹之物盡在麵中，盡夠咀嚼，不似尋常喫麵者，麵則直吞下肚，而止咂咂其湯也。八珍者何？雞、魚、蝦三物之肉，曬使極乾，與鮮筍、香蕈、芝麻、花椒四物，共成極細之末，和入麵中，與鮮汁共為八種。醬醋亦用，而不列數內者，以家常日用之物，不得名之以珍也。雞魚之肉，務取極精，稍帶肥膩者，弗用，以麵性見油即散，擀不成片，切不成絲故也。但觀製餅餌者，欲其鬆而不實，即拌以油，則麵之為性可知已。鮮汁不用煮肉之湯，而用筍、蕈、蝦汁者，亦以忌油故耳。所用之肉，雞、魚、蝦三者之中，惟蝦最便，屑米為麵，勢如反掌，多存其末，以備不時之需；即膳已之五香，亦未嘗不可六也。拌麵之汁，加雞蛋青一二盞更宜，此物不列於前而附於後，以世人知用者多，列之又同剿襲耳。

粉

粉之名目甚多，其常有而適於用者，則惟藕、葛[28]、蕨[29]、綠豆四種。藕、葛二物，不用下鍋，調以滾水即能變生成熟。昔人云：「有倉卒客，無倉卒主人。」欲為倉卒主人，則請多儲二物。且卒急救飢，亦莫善於此。駕舟車行遠路者，此是餱糧[30]中首善之物。粉食之耐咀嚼者，蕨為上，綠豆次之。欲綠豆粉之耐嚼，當稍以蕨粉和之。凡物入口而不能即下，不即下而又使人咀之有味，嚼之無聲者，斯為妙品。吾遍索飲食中，惟得此二物。綠豆粉為湯，蕨粉為下湯之飯，可稱二耐。齒牙遇此，殆亦所謂勞而不怨者哉！

28葛：一種豆類植物，可製成「葛粉」，供食用或藥用。

29蕨：也叫「烏糯」，根狀莖可製「蕨料」。

30餱糧：熟食乾糧。

肉食第三

「肉食者鄙」[31]非鄙其食肉，鄙其不善謀也。食肉之人之不善謀者，以肥膩之精液結而為脂，蔽障胸臆，猶之茅塞其心，使之不復有竅也。此非予之臆說，夫有所驗之矣。諸獸食草木雜物，皆狡獪而有智。虎獨食人，不得人則食諸獸之肉，是匪肉不食者，虎也；虎者，獸之至愚者也。何以知之？考諸群書則信矣。「虎不食小兒」，非不食也，以其癡不懼虎，謬謂勇士而避之也；「虎不食醉人」，非不食也，因其醉勢猖獗，目為勁敵而防之也；「虎不行曲路，人遇之者，引至曲路即得脫」，其不行曲路者，非若澹台滅明[32]之行不由徑，以頸直不能回顧也。使知曲路必脫，先於周行食之矣。《虎苑》云：「虎之能搏狗者，牙爪也。使失其牙爪，則反伏於狗矣。」跡是觀之，其能降人降物而藉之為糧者，則專恃威猛，

31肉食者鄙：出自〈左傳・莊公三十年〉：「肉食者鄙，未能遠謀。」意指位居高位、享受富貴厚祿的人，經常眼光狹陋短淺，無法遠慮。

32澹台滅明：孔子弟子，雖相貌醜，但品行端正。

威猛之外，一無他能，世所謂「有勇無謀」者，虎是也。予究其所以然之故，則以舍肉之外，不食他物，脂膩填胸，不能生智也。然則「肉食者鄙，未能遠謀。」其說不既有徵乎？吾今雖為肉食作俑，然望天下之人，多食不如少食。無虎之威猛而益其愚，與有虎之威猛而自昏其智，均非養生善後之道也。

豬

食以人傳者，「東坡肉」是也。卒急聽之，似非豕之肉，而為東坡之肉矣。噫！東坡何罪？而割其肉以實千古饞人之腹哉？甚矣！名士不可為，而名士遊戲之小術，尤不可不慎也。至數百載而下，糕、布等物，又以眉公[33]得名。取「眉公糕」、「眉公布」之名，以較「東坡肉」三字，似覺彼善於此矣。而其最不幸者，則有溷廁中之一物，俗人呼為「眉公馬桶」。噫！馬桶何物，而可冠以雅人高士之名乎？予非不知肉味，而於豕之一物，不敢浪措一詞者，慮為東坡之續也。即溷廁中之一物，予未嘗不新其制，但蓄之家，而不敢取以示人，尤不敢筆之於書者，亦慮為眉公之續也。

33眉公：陳繼儒，號眉公，明代著名文學家、書畫家，著有《陳眉公全集》。

羊

物之折耗最重者，羊肉是也。諺有之，曰：「羊幾貫，帳難算，生折對半熟對半，百斤止剩念[34]餘斤，縮到後來只一段。」大率羊肉百斤，宰而割之，止得五十斤，迨烹而熟之，又止得二十五斤，此一定不易之數也。但生羊易消，人則知之；熟羊易長，人則未之知也。羊肉之為物，最能飽人，初食不飽，食後漸覺其飽，此易長之驗也。凡行遠路，及出門作事，卒急不能得食者，啖此最宜。秦之西鄙，產羊極繁，土人日食止一餐，其能不枵腹[35]者，羊之力也。《本草》載羊肉比人參、黃芪。參、芪補氣，羊肉補形。予謂補人者羊，害人者亦羊。凡食羊肉者，當留腹中餘地，以俟其長。倘初食不節而果其腹，飯後必有脹而欲裂之形，傷脾壞腹皆由於此，葆生者不可不知。

牛、犬

豬、羊之後，當及牛、犬。以二物有功於世，方勸人戒之之不暇，尚忍為制

34念：「廿」的大寫字。廿，二十。

35枵腹：空腹，比喻內中空虛無物。

酷刑乎？略此二物，遂及家禽，是亦以羊易牛之遺意也。

雞

雞亦有功之物，而不諱其死者，以功較牛、犬為稍殺。天之曉也，報亦明，不報亦明，不似畎畝、盜賊，非牛不耕，非犬之吠則不覺也。然較鵝、鴨二物，則淮陰羞伍絳、灌矣[36]。烹飪之刑，似宜稍寬於鵝、鴨。雞之有卵者弗食，重不至斤外者弗食，即不能壽之，亦不當過夭之耳。

鵝

鵝鵝之肉無他長，取其肥且甘而已矣。肥始能甘，不肥則同於嚼蠟。鵝以固始為最，訊其土人則曰：「豢之之物，亦同於人。食人之食，斯其肉之肥膩亦同於人也。」猶之家肉以金華為最，婺人豢豕，非飯即粥，故其為肉也甜而膩。然

36淮陰羞伍絳、灌矣：淮陰，指淮陰侯韓信；絳，為絳侯周勃；灌，則指灌嬰。兩人皆漢初名將，而韓信職與他們同列。見〈史記．淮陰侯列傳〉。

則固始之鵝，金華之豕，均非鵝豕之美，食美之也。食能美物奚俟人言？歸而求之，有餘師矣。但授家人以法，彼雖飼以美食，終覺飢飽不時，不似固始、金華之有節，故其為肉也，猶有一間之殊。蓋終以禽獸畜之，未嘗稍同於人耳。「繼子得食，肥而不澤。」其斯之謂歟？

有告予食鵝之法者，曰：昔有一人，善製鵝掌。每豢肥鵝將殺，先熬沸油一盂，投以鵝足，鵝痛欲絕，則縱之池中，任其跳躍。已而復擒復縱，炮瀹如初。若是者數四，則其為掌也，豐美甘甜，厚可徑寸，是食中異品也。予曰：慘哉斯言！予不願聽之矣。物不幸而為人所畜，食人之食，死人之事。償之以死亦足矣，奈何未死之先，又加若是之慘刑乎？二掌雖美，入口即消。其受痛楚之時，則有百倍於此者。以生物多時之痛楚，易我片刻之甘甜，忍人不為，況稍具婆心者乎？地獄之設，正為此人，其死後炮烙之刑[37]，必有過於此者。

37炮烙之刑：相傳是殷紂王所用的一種酷刑。以炭燒熱銅柱，令受刑者爬行其上，復又墮入炭中大火燒死。

鴨

禽屬之善養生者，雄鴨是也。何以知之，知之於人之好尚。諸禽尚雌，而鴨獨尚雄；諸禽貴幼，而鴨獨貴長。故養生家有言：「爛蒸老雄鴨，功效比參、芪。」使物不善養生，則精氣必為雌者所奪，諸禽尚雌者，以為精氣之所聚也。使物不善養生，則情竅[38]一開，日長而日瘠矣，諸禽貴幼者，以其洩少而存多也。雄鴨能愈長愈肥，皮肉至老不變，且食之與參、芪比功，則雄鴨之善於養生，不待考核而知之矣。然必俟考核，則前此未之聞也。

野禽、野獸

野味之遜於家味者，以其不能盡肥；家味之遜於野味者，以其不能有香也。家味之肥，肥於不自覓食而安享其成；野味之香，香於草木為家而行止自若。是知豐衣美食，逸處安居，肥人之事也；流水高山，奇花異木，香人之物也。肥則

38 情竅：情竇。

必供刀俎，靡有孑遺[39]；香亦為人朵頤[40]，然或有時而免。二者不欲其兼，舍肥從香而已矣。

野禽可以時食，野獸則偶一嘗之。野禽如雉、雁、鳩、鴿、黃雀、鵪鶉之屬，雖生於野，若畜於家，為可取之如寄也。野獸之可得者惟兔，獐、鹿、熊、虎諸獸，歲不數得，是野味之中又分難易。難得者何？以其久住深山，不入人境，檻阱[41]之入，是人往覓獸，非獸來挑人也。禽則不然，知人欲弋[42]而往投之，以覓食也，食得而禍隨之矣。是獸之死也，死於人；禽之斃也，斃於己。食野味者，當作如是觀。惜禽而更當惜獸，以其取死之道為可原也。

魚

魚藏水底，各自為天，自謂與世無求，可保戈矛之不及矣。烏知網罟[43]之奏功，

39 靡有孑遺：本謂沒有任何人能逃脫旱災的侵害。後指蕩然無存，毫無遺留。
40 朵頤：朵，動。頤，下巴。鼓動腮頰，嚼食貌。
41 檻阱：檻，捕捉野獸的籠子、陷阱。
42 弋：箭上綁繫著繩子的工具，此指捕捉禽鳥的各種設置。
43 網罟：細密的漁網。

較弓矢罝罘[44]為更捷。無事竭澤而漁，自有吞舟不漏之法。然魚與禽獸之生死，同是一命，覺魚之供人刀俎，似較他物為稍宜。何也？水族難竭而易繁。胎生卵生之物，少則一母數子，多亦數十子而止矣。魚之為種也似粟，千斯倉而萬斯箱，皆於一腹焉寄子。苟無沙汰之人，則此千斯倉而萬斯箱者生生不已，又變而為恆河沙數。至恆河沙數[45]之一變再變，以至千百變，竟無一物可以喻之，不幾充塞江河而為陸地，舟楫之往來能無恙乎？故漁人之取魚蝦，與樵人之伐草木，皆取所當取，伐所不得不伐者也。我輩食魚蝦之罪較食他物為稍輕。茲為約法數章，雖難比乎祥刑[46]，亦稍差於酷吏。

食魚者首重在鮮，次則及肥。肥而且鮮，魚之能事畢矣。然二美雖兼，又有所重在一者。如鱘、如鯚、如鯽、如鯉，皆以鮮勝者也，鮮宜清煮作湯；如鯿、如白，如鰣、如鰱，皆以肥勝者也，肥宜厚烹作膾。烹煮之法，全在火候得宜。

44罝罘：捕捉野獸的網。罝，捕鹿的網；罘，補兔的網。

45恆河沙數：佛經語，形容數量極多，如同恆河的沙子一樣，不可勝數。

46祥刑：謂慎用刑罰。

先期而食者，肉生，生則不鬆；過期而食者，肉死，死則無味。遲客之家，他饌或可先設以待，魚則必須活養，候客至旋烹。魚之至味在鮮，而鮮之至味，又只在初熟離釜之片刻，若先烹以待，是使魚之至美，發洩於空虛無人之境；待客至而再經火氣，猶冷飯之復炊，殘酒之再熱，有其形而無其質矣。煮魚之水忌多，僅足伴魚而止，水多一口，則魚淡一分。司廚婢子，所利在湯，常有增而復增，以致鮮味減而又減者，志在厚客，不能不薄待庖人[47]耳。更有製魚良法能使鮮肥迸出，不失天真，遲速咸宜，不虞火候者則莫妙於蒸。置之鏇內，入陳酒、醬油各數盞，覆以瓜、薑及蕈、筍諸鮮物，緊火蒸之極熟。此則隨時早暮，供客咸宜，以鮮味盡在魚中，並無一物能侵，亦無一氣可洩，真上著也。

蝦

筍為蔬食之必需，蝦為葷食之必需，皆猶甘草之於藥也。善治葷食者，以焯蝦之湯和入諸品，則物物皆鮮，亦猶筍湯之利於群蔬。筍可孤行亦可並用；蝦則

47庖人：指廚師。

不能自主，必借他物為君。若以煮熟之蝦單盛一簋，非特華筵必無是事，亦且令食者索然。惟醉者糟者，可供匕箸。是蝦也者，因人成事之物，然又必不可無之物也。「治國，若烹小鮮」，此小鮮之有裨於國者。

鱉

「新粟米炊魚子飯，嫩蘆筍煮鱉裙羹。」林居之人述此以鳴得意，其味之鮮美可知矣。予性於水族無一不嗜，獨與鱉不相能，食多則覺口燥，殊不可解。一日，鄰人網得巨鱉，召眾食之，死者接踵，染指其汁者亦病數月始痊。予以不喜食此，得免於召，遂得免於死。豈性之所在，即命之所在耶？予一生僥倖之事難更僕數。乙未居武林[48]，鄰家失火三面皆焚，而予居無恙。己卯之夏，遇大盜於虎爪山，賄以重資者得免，不則立斃。予囊無一錢，自分必死，延頸受誅而盜不殺。至於甲申、乙酉之變[49]，予雖避兵山中，然亦有時入郭，其至幸者，才徙家而家焚，甫出城而城陷，其出生於死，皆在斯須倏忽之間。噫，予何修而得此於天哉！報施無地，有強為善而已矣。

48武林：杭州舊稱，以武林山得名。

49甲申、乙酉之變：指明亡於清。

蟹

予於飲食之美，無一物不能言之，且無一物不窮其想像，竭其幽渺而言之。獨於蟹螯一物，心能嗜之，口能甘之，無論終身一日，皆不能忘之，至其可嗜可甘與不可忘之故，則絕口不能形容之。此一事一物也者，在我則為飲食中之癡情，在彼則為天地間之怪物矣。予嗜此一生，每歲於蟹之未出時，即儲錢以待，因家人笑予以蟹為命，即自呼其錢為「買命錢」。自初出之日始，至告竣之日止，未嘗虛負一夕，缺陷一時。同人知予癖蟹，召者餉者皆於此日，予因呼九月、十月為「蟹秋」。慮其易盡而難繼，又命家人滌甕釀酒，以備糟之醉之之用。糟名「蟹糟」，酒名「蟹釀」，甕名「蟹甕」。向有一婢勤於事蟹，即易其名為「蟹奴」，今亡之矣。蟹乎！蟹乎！汝於吾之一生，殆相終始者乎！所不能為汝生色者，未嘗於有螃蟹無監州[50]處作郡，出俸錢以供大嚼，僅以慳囊[51]易汝。即使日購百筐，除供客外，與五十口家人分食，然則入予腹者有幾何哉？蟹乎！蟹乎！吾終有愧於汝矣。

50 監州：古代官名，指監察州縣之官。

51 **慳囊**：原為藏錢的袋子，此比喻慳吝嗇者的錢袋。

蟹之為物至美，而其味壞於食之之人。以之為羹者，鮮則鮮矣，而蟹之美質何在？以之為膾者，膩則膩矣，而蟹之真味不存。更可厭者，斷為兩截，和以油、鹽、豆粉而煎之，使蟹之色、蟹之香與蟹之真味全失。此皆似嫉蟹之多味，忌蟹之美觀，而多方蹂躪，使之洩氣而變形者也。世間好物，利在孤行。蟹之鮮而肥，甘而膩，白似玉而黃似金，已造色、香、味三者之至極，更無一物可以上之。和以他味者，猶之以爝火助日，掬水益河，冀其有裨也，不亦難乎？凡食蟹者，只合全其故體，蒸而熟之，貯以冰盤，列之几上，聽客自取自食。剖一筐，食一筐；斷一螯，食一螯，則氣與味纖毫不漏。出於蟹之軀殼者，即入於人之口腹，飲食之三昧再有深入於此者哉？凡治他具，皆可人任其勞我享其逸，獨蟹與瓜子、菱角三種必須自任其勞。旋剝旋食則有味，人剝而我食之，不特味同嚼蠟，且似不成其為蟹與瓜子、菱角，而別是一物者。此與好香必須自焚，好茶必須自斟，僮僕雖多不能任其力者，同出一理。講飲食清供之道者，皆不可不知也。

宴上客者，勢難全體，不得已而羹之，亦不當和以他物，惟以煮雞鵝之汁為湯，去其油膩可也。

甕中取醉蟹[52]，最忌用燈，燈光一照，則滿甕俱沙，此人人知忌者也。有法處之，則可任照不忌。初醉之時，不論晝夜俱點油燈一盞，照之入甕，則與燈光相習，不相忌而相能，任憑照取，永無變沙之患矣。

零星水族

予擔簦[53]二十年，履跡幾遍天下。四海歷其三，三江五湖，則俱未嘗遺一，惟九河未能環繞，以其迂僻[54]者多，不盡在舟車可抵之境也。歷水既多，則水族之經食者，自必不少，因知天下萬物之繁，未有繁於水族者，載籍所列諸魚名，不過十之六七耳。

常有奇形異狀，味亦不群，漁人竟日取之，土人終年食之，諮詢其名，皆不知為何物者。無論其他，即吳門、京口[55]諸地所產水族之中，有一種似魚非魚，狀類河豚而極小者，俗名「斑子魚」，味之甘美，幾同乳酪，又柔滑無骨，真至味也，

52醉蟹：用酒浸漬的蟹。
53擔簦：擔，背；簦，傘。意味著背著傘以奔走、跋涉。
54迂僻：偏僻、荒蕪之意。
55京口：古地名，今江蘇鎮江。

而《本草》、《食物》諸書，皆所不載。近地且然，況寥廓而迂僻者乎？海錯之至美，人所豔羨而不得食者，為閩之「西施舌」、「江瑤柱」二種。「西施舌」予既食之，獨「江瑤柱」未獲一嘗，為入閩恨事。所謂「西施舌」者，狀其形也，白而潔，光而滑，入口咂之，儼然美婦之舌，但少朱唇皓齒牽制其根，使之不留而即下耳，此所謂狀其形也。若論鮮味，則海錯中儘有過之者，未甚奇特。朵頤此味之人，但索美舌而咂之，即當屠門大嚼矣。其不甚著名而有異味者，則北海之鮮鰳，味並鰣魚，其腹中有肋，甘美絕倫。世人以在鱘鰉腹中者為「西施乳」，若與此肋較短長，恐又有東家西家之別耳。

河豚為江南最尚之物，予亦食而甘之。但詢其烹飪之法，則所需之作料甚繁，合而計之，不下十餘種，且又不可缺一，缺一則腥而寡味。然則河豚無奇，乃假眾美成奇者也。有如許調和之料施之他物，何一不可擅長，奚必假殺人之物以示異乎？食之可，不食亦可。若江南之鱭，則為春饌中妙物。食鰣魚及鱘鰉有厭時，鱭則愈嚼愈甘，至果腹而猶不能釋手者也。

不載果食茶酒說

果者酒之讎，茶者酒之敵。嗜酒之人，必不嗜茶與果，此定數也。凡有新客入座，平時未經共飲不知其酒量淺深者，但以果餅及糖食驗之。取到即食，食而似有踴躍之情者，此即茗客非酒客也；取而不食，及食不數四而即有倦色者，此必巨量之客，以酒為生者也。以此法驗嘉賓，百不失一。予係茗客而非酒人，性似猿猴，以果代食，天下皆知之矣。訊以酒味則茫然，與談食果飲茶之事，則覺井井有條，滋滋多味。茲既備述飲饌之事，則當於二者加詳，胡以缺而不備？曰：懼其略也。性既嗜此，則必大書特書，而且為罄竹之書，若以寥寥數紙終其崖略，則恐筆欲停而心未許，不覺其言之汗漫而難收也。且果可略而茶不可略，茗戰之兵法，富於《三略》、《六韜》，豈《孫子》十三篇所能盡其靈秘者哉？是用專輯一編，名為《茶果志》，孤行可，尾於是集之後亦可。至於麴糵[56]一事，予既自謂茫然，如復強為置吻則假口他人乎？抑強不知為知以欺天下乎？假口則仍犯剿襲之戒；將欲欺人，則茗客可欺，酒人不可欺也。倘執其所短而與問罪之師，吾能以茗戰戰之乎？不若絕口不談之為愈耳。

56 麴糵：糵，音同「聶」。酒母，釀酒的酵母，用於酒的發酵。此代指酒。

種植部

木本第一

草木之種類極雜，而別其大較有三，木本、藤本、草本是也。

木本堅而難瘁，其歲較長者，根深故也。藤本之為根略淺，故弱而待扶，其歲猶以年紀。草本之根愈淺，故經霜輒壞，為壽止能及歲。是根也者，萬物短長之數也，欲豐其得，先固其根，吾於老農老圃之事，而得養生處世之方焉。

人能慮後計長，事事求為木本，則見雨露不喜，而睹霜雪不驚；其為身也，挺然獨立，至於斧斤之來，則天數也，豈靈椿古柏之所能避哉？如其植德[1]不力，

1植德：立德之意。

而務為苟且，則是藤本其身，止可因人成事，人立而我立，人仆而我亦仆矣。至於木槿其生不為明日計者，彼且不知根為何物，遑計入土之淺深，藏荄之厚薄哉？是即草本之流亞也。

噫！世豈乏草本之行，而反木其天年，藤其後裔者哉？此造物偶然之失，非天地處人待物之常也。

牡丹

牡丹得王於群花，予初不服是論，謂其色其香，去芍藥有幾？擇其絕勝者與角雌雄，正未知鹿死誰手。及睹《事物紀原》，謂武后冬月遊後苑，花俱開而牡丹獨遲，遂貶洛陽，因大悟，曰：「強項若此，得貶固宜，然不加九五之尊，奚洗八千之辱乎？」

物生有候，葭動以時，苟非其時，雖十堯不能冬生一穗；后係人主，可強雞人使晝鳴乎？如其有識，當盡貶諸卉而獨崇牡丹。花王之封，允宜[2]肇於此日，惜

2允宜：適合、得宜。

其所見不逮，而且倒行逆施。誠哉其為武后也。予自秦之鞏昌，載牡丹十數本而歸，同人嘲予以詩，有「群芳應怪人情熱，千里趨迎富貴花」之句。予曰：「彼以守拙得貶，予載之歸，是趨冷非趨熱也。」茲得此論，更發明矣。

藝植[3]之法，載於名人譜帙[4]者，纖髮無遺，予倘及之，又是拾人牙後矣。但有喫緊一著，花譜偶載而未之悉者，請暢言之。是花皆有正面，有反面，有側面。正面宜向陽，此種花通義也。然他種猶能委曲，獨牡丹不肯通融，處以南面即生，俾之他向則死，此其骯髒不回[5]之本性，人主不能屈之，誰能屈之？予嘗執此語同人，有迂其說者。予曰：「匪特士民之家，即以帝王之尊，欲植此花，亦不能不循此例。」同人詰予曰：「有所本乎？」予曰：「有本。吾家太白詩云：名花傾國兩相歡，常得君王帶笑看。解釋春風無限恨，沉香亭北倚欄杆。倚欄杆者向北，則花非南面而何？」同人笑而是之，斯言得無定論？

3 藝植：耕種、栽植的意思。
4 譜帙：做為示範或提供，查尋、檢索之書。
5 骯髒不回：骯髒讀音為「ㄎㄤˇ ㄗㄤˇ」，高亢剛直的樣子。不回，堅守正道，不屈服改變之意。

梅

花之最先者梅，果之最先者櫻桃。若以次序定尊卑，則梅當王於花，櫻桃王於果，猶瓜之最先者曰王瓜，於義理未嘗不合，奈何別置品題，使後來居上。首出者不得為聖人，則闢草昧致文明者，誰之力歟？雖然，以梅冠群芳，料與情必協，但以櫻桃冠群果，吾恐主持公道者，又不免為荔枝號屈矣。姑仍舊慣，以免抵牾[6]。

種梅之法，亦備群書，無庸置吻，但言領略之法而已。花時苦寒，即有妻梅之心，當籌寢處之法。否則衾枕不備，露宿為難，乘興而來者，無不盡興而返，即求為驢背浩然，不數得也。觀梅之具有二：山遊者，必帶帳房，實三面而虛其前，制同湯網[7]，其中多設爐炭，既可致溫，復備暖酒之用，此一法也。園居者，設紙屏數扇，覆以平頂，四面設窗，盡可開閉，隨花所在，撐而就之。此屏不止

6抵牾：牛角相牴觸，引申為矛盾衝突。

7湯網：〈史記・殷本紀〉：「湯出，見野張網四面，祝曰自天下四方，皆入吾網，湯曰，嘻，盡之矣！乃去其三面。」後「湯網」被廣泛比喻以寬宏大量對待有罪之人。

觀梅，是花皆然，可備終歲之用，立一小匾，名曰「就花居」。花間豎一旗幟，不論何花，概以總名曰「縮地花」，此一法也。若家居種植者，近在身畔，遠亦不出眼前，是花能就人，無俟人為蜂蝶矣。

然而愛梅之人，缺陷有二：凡到梅開之時，人之好惡不齊，天之功過亦不等，風送香來，香來而寒亦至，令人開戶不得，閉戶不得，是可愛者風，而可憎者亦風也。雪助花妍，雪凍而花亦凍，令人去之不可，留之不可，是有功者雪，有過者亦雪也。其有功無過，可愛而不可憎者惟日，既可養花，又堪曝背[8]，是誠天之循吏也。使止有日而無風雪，則無時無日不在花間，布帳紙屏皆可不設，豈非梅花之至幸，而生人之極樂也哉！然而為之天者，則甚難矣。

蠟梅者，梅之別種，殆亦共姓而通譜者歟？然而有此令德，亦樂與聯宗。吾又謂別有一花，當為蠟梅之異姓兄弟，玫瑰是也。氣味相孚[9]，皆造濃豔之極致，殆不留餘地待人者矣。人謂過猶不及，當務適中，然資性所在，一往而深，求為適中，不可得也。

———

8 曝背：以背向日取暖。

9 相孚：相符之意。

桃

凡言草木之花，矢口即稱桃李。是桃李二物，領袖群芳者也。其所以領袖群芳者，以色之大都不出紅白二種，桃色為紅之極純，李色為白之至潔，「桃花能紅李能白」一語足盡二物之能事。然今人所重之桃，非古人所愛之桃；今人所重者為口腹計，未嘗究及觀覽。大率桃之為物，可目者未嘗可口，不能執兩端事人。凡欲桃實之佳者，必以他樹接之，不知桃實之佳，佳於接，桃色之壞，亦壞於接。桃之未經接者，其色極嬌，酷似美人之面，所謂「桃腮」[10]、「桃靨」者，皆指天然未接之桃，非今時所謂碧桃、絳桃、金桃、銀桃之類也。

即今詩人所詠，畫圖所繪者亦是此種。此種不得於名園，不得於勝地，惟鄉村籬落之間，牧童樵叟所居之地，能富有之。欲看桃花者，必策蹇[11]郊行，聽其所至，如武陵人之偶入桃源，始能復有其樂。如僅載酒園亭，攜姬院落，為當春行樂計者，謂賞他卉則可，謂看桃花而能得其真趣，吾不信也。噫！色之極媚者莫過於桃，而壽之極短者亦莫過於桃，「紅顏薄命」之說，單為此種。凡見婦人面

10 桃腮：形容女子粉紅色的臉頰。

11 策蹇：乘跛足驢。比喻工具不利、行動遲緩。

與相似而色澤不分者，即當以花魂視之，謂別形體不久也。然勿明言，至生涕泣。

玉蘭

世無玉樹，請以此花當之。花之白者盡多，皆有葉色相亂，此則不葉而花與梅同致。千幹萬蕊，盡放一時，殊盛事也。但絕盛之事，有時變為恨事。眾花之開，無不忌雨，而此花尤甚。一樹好花，止須一宿微雨，盡皆變色，又覺腐爛可憎，較之無花，更為乏趣。群花開謝以時，謝者既謝，開者猶開，此則一敗俱敗，半瓣不留。

語云：「弄花一年，看花十日。」為玉蘭主人者，常有延佇經年，不得一朝盼望者，詎非香國中絕大恨事？故，值此花一開，便宜急急玩賞，玩得一日是一日，賞得一時是一時。若初開不玩而俟全開，全開不玩而俟盛開，則恐好事未行，而殺風景者至矣。噫！天何雠於玉蘭，而往往三歲之中，定有一二歲與之為難哉。

山茶

花之最不耐開，一開輒盡者，桂與玉蘭是也。花之最能持久，愈開愈盛者，山茶、石榴是也。然石榴之久，猶不及山茶；榴葉經霜即脫，山茶戴雪而榮。則是此花也者，具松柏之骨，挾桃李之姿，歷春夏秋冬如一日，殆草木而神仙者乎？又況種類極多，由淺紅以至深紅，無一不備。其淺也，如粉如脂，如美人之腮，如酒客之面。其深也，如硃如火，如猩猩之血，如鶴頂之珠。可謂極淺、深、濃、淡之致，而無一毫遺憾者矣。

得此花一二本，可抵群花數十本。惜乎予園僅同芥子，諸卉種就，不能再納須彌，僅取盆中小樹，植於怪石之旁。噫！善善而不能用，惡惡而不能去，予其郭公[12]也夫！

繡毬

天工之巧，至開繡毬一花而止矣；他種之巧，純用天工，此則詐施人力，似

12郭公：出自《戰國策》管仲與齊桓公的對話。郭公（郭國之君，名赤），曹國滅之，因其「善善不能用，惡惡不能去，足以亡之」。此處內文應將「郭公」指為魁儡。

肖塵世所為而為者。剪春羅、剪秋羅諸花亦然。天工於此，似非無意，蓋曰：「汝所能者，我亦能之。我所能者，汝實不能為也。」若是，則當再生一二蹴毬[13]之人，立於樹上，則天工之鬥巧者全矣。其不屑為此者，豈以物為肖，而人不足肖乎？

梔子

梔子花，無甚奇特，予取其彷彿玉蘭。玉蘭忌雨，而此不忌。玉蘭齊放齊凋，而此則開以次第。惜其樹小而不能出簷，如能出簷，即以之權當玉蘭而補三春恨事，誰曰不可？

杜鵑、櫻桃

杜鵑、櫻桃二種，花之可有可無者也。所重於櫻桃者，在實不在花；所重於杜鵑者，在西蜀之異種，不在四方之恆種。如名花俱備，則二種開時，盡有快心而奪目者，欲覽餘芳亦愁少暇。

13 **蹴毬**：一種近似今日足球的運動，興盛於唐代。

石榴

芥子園之地不及三畝，而屋居其一，石居其一，乃榴之大者，復有四五株。是點綴吾居，使不落寞者，榴也；盤踞吾地，使不得盡栽他卉者，亦榴也。榴之功罪，不幾半乎？然賴主人善用，榴雖多，不為贅也。榴性喜壓，就其根之宜石者，從而山之，是榴之根即山之麓也；榴性喜日，就其陰之可庇者從而屋之，是榴之地即屋之天也；榴之性又復喜高而直上，就其枝柯[14]之可傍，而又借為天際真人者，從而樓之，是榴之花即吾倚欄守戶之人也。此芥子園主人區處石榴之法，請以公之樹木者。

桂

秋花之香者，莫能如桂。樹乃月中之樹，香亦天上之香也。但其缺陷處則在滿樹齊開，不留餘地。予有《惜桂》，詩云：「萬斛黃金碾作灰，西風一陣總吹來。早知三日都狼藉，何不留將次第開？」盛極必衰乃盈虛一定之理，凡有富貴榮華

14 枝柯：樹之枝條。

一蹴而至者，皆玉蘭之為春光，丹桂之為秋色。

夾竹桃

夾竹桃一種，花則可取，而命名不善。以竹乃有道之士，桃則佳麗之人，道不同不相為謀，合而一之，殊覺矛盾。請易其名為：「生花竹」，去一桃字便覺相安。且松竹梅素稱三友，松有花，梅有花，惟竹無花，可稱缺典[15]。得此補之，豈不天然湊合？亦女媧氏之五色石也。

茉莉

茉莉一花，單為助妝而設，其天生以媚婦人者乎？是花皆曉開，此獨暮開。暮開者使人不得把玩，秘之以待曉妝也。是花蒂上皆無孔，此獨有孔。有孔者，非此不能受簪，天生以為立腳之地也。若是，則婦人之妝，乃天造地設之事耳。植他樹皆為男子，種此花獨為婦人。既為婦人則當眷屬視之矣。妻梅者，止一林

15缺典：指儀制、典禮有所欠缺。後來引申為遺憾之事。

逋；妻茉莉者，當遍天下而是也。

欲藝此花必求木本。藤本一樣著花，但苦經年即死，視其死而莫之救，亦仁人君子所不樂為也。木本最難為冬，予嘗歷驗收藏之法。此花痿於寒者什一，斃於乾者什九，人皆畏凍而滴水不澆，是以枯死。此見噎廢食之法，有避嘔逆而經時絕粒，其人尚存者乎？稍暖微澆，大寒即止，此不易之法。但收藏必於暖處，篾罩必不可無，澆不用水而用冷茶，如斯而已。予藝此花三十年皆為燥誤，如今識此以告世人，亦其否極泰來之會也。

藤本第二

藤本之花，必須扶植。扶植之具，莫妙於從前成法之用竹屏，或方其眼，或斜其槅，因作葳蕤[16]柱石，遂成錦繡牆垣，使內外之人，隔花阻葉，礙紫間紅，可望而不可親，此善制也。

16葳蕤：形容枝葉繁密，草木茂盛的樣子。

無奈，近日茶坊酒肆，無一不然，有花即以植花，無花則以代壁。此習始於維揚，今日漸及他處矣。市井若此，高人韻士之居斷斷不應若此。避市井者，非避市井，避其勞勞攘攘之情，錙銖必較之陋習也。見市井所有之物，如在市井之中，居處習見，能移性情，此其所以當避也。即如前人之取別號，每用川、泉、湖、宇等字，其初未嘗不新，未嘗不雅，後商賈者流，家倣而戶則之，以致市肆標榜之上，所書姓名非川即泉，非湖即宇，是以避俗之人，不得不去之若浼。邇來縉紳先生悉用齋、庵二字，極宜，但恐用者過多，則而效之者，又入從前標榜，是今日之齋、庵，未必不是前日之川、泉、湖、宇。雖曰名以人重，人不以名重，然亦實之賓也。已噪寰中者仍之繼起，諸公似應稍變。

人問：植花既不用屏，豈遂聽其滋蔓於地乎？曰：不然。屏仍其故，制略新之。雖不能保後日之市廛[17]，不又變為今日之園圃。然新得一日是一日，異得一時是一時，但願貿易之人，並性情風俗而變之。變亦不求盡變，市井之念不可無，龍斷之心不可有。覓應得之利，謀有道之生，即是人間大隱。若是，則高人韻士，

17市廛：店鋪集中之地。

皆樂得與之遊矣，復何勞擾錙銖之足避哉？花屏之制有三，列於《藤本》之末。

玫瑰

花之有利於人，而無一不為我用者，芰荷[18]是也；花之有利於人，而我無一不為所奉者，玫瑰是也。芰荷利人之說見於本傳。玫瑰之利同於芰荷，而令人可親可溺，不忍暫離，則又過之。群花止能娛目，此則口、眼、鼻、舌以至肌體毛髮，無一不在所奉之中。可囊，可食，可嗅，可觀，可插，可戴，是能忠臣其身，而又能媚子其術者也。花之能事，畢於此矣。

草本第三

草本之花，經霜必死；其能死而不死，交春復發者，根在故也。常聞有花不待時，先期使開之法：或用沸水澆根，或以硫磺代土，開則開矣，花一敗而樹隨之，

18芰荷：指菱葉與荷葉。

根亡故也。然則人之榮枯顯晦，成敗利鈍，皆不足據，但詢其根之無恙否耳。根在，則雖處厄運，猶如霜後之花，其復發也，可坐而待也。如其根之或亡，則雖處榮膴顯耀之境，猶之奇葩[19]爛目，總非自開之花，其復發也，恐不能坐而待矣。

予談草木，輒以人喻。豈好為是嘵嘵者哉？世間萬物，皆為人設。觀感一理，備人觀者，即備人感。天之生此，豈僅供耳目之玩、情性之適而已哉？

芍藥

芍藥與牡丹媲美，前人署牡丹以「花王」，署芍藥以「花相」，冤哉！予以公道論之。天無二日，民無二王；牡丹正位於香國，芍藥自難並驅。雖別尊卑，亦當在五等諸侯之列，豈王之下，相之上，遂無一位一座，可備酬功之用者哉？歷翻種植之書，非云：「花似牡丹而狹」，則曰：「子似牡丹而小」。由是觀之，前人評品之法，或由皮相而得之。噫！人之貴賤美惡，可以長短肥瘦論乎？

每於花時奠酒[20]，必作溫言慰之曰：「汝非相材也，前人無識，謬署此名，花

19奇葩：珍奇的花。

20奠酒：一種祭祀時的儀式，把酒灑在地上以祭神。

神有靈，付之勿較，呼牛呼馬，聽之而已。」予於秦之鞏昌，攜牡丹芍藥各數十本而歸，牡丹活者頗少，幸此花無恙，不虛負戴之勞。豈人為知己死者，花反為知己生乎？

蘭

「蘭生幽谷，無人自芳。」是已。然使幽谷無人，蘭之芳也，誰得而知之？誰得而傳之？其為蘭也，亦與蕭艾同腐而已矣。「如入芝蘭[21]之室，久而不聞其香。」是已。然既不聞其香，與無蘭之室何異？雖有若無，非蘭之所以自處，亦非人之所以處蘭也。吾謂芝蘭之性，畢竟喜人相俱，畢竟以人聞香氣為樂。文人之言，只顧讚揚其美，而不顧其性之所安，強半皆若是也。然相俱貴乎有情，有情務在得法；有情而得法，則坐芝蘭之室，久而愈聞其香。蘭生幽谷與處曲房，其幸不幸相去遠矣。蘭之初著花時，自應易其座位，外者內之，遠者近之，卑者尊之；非前倨而後恭，人之重蘭非重蘭也，重其花也，葉則花之輿從而已矣。

居處一室，則當美其供設，書、畫、爐、瓶，種種器玩，皆宜森列[22]其旁。

21芝蘭：為芷和蘭兩種香草的合稱。

22森列：眾多而紛然地羅列。

但勿焚香，香薰即謝，匪妒也。此花性類神仙，怕親煙火，非忌香也，忌煙火耳。若是，則位置提防之道得矣。然皆情也，非法也，法則專為聞香。「如入芝蘭之室，久而不聞其香」者，以其知入而不知出也。出而再入，則後來之香，倍乎前矣。故有蘭之室，不應久坐，另設無蘭者一間，以作退步，時退時進，進多退少，則刻刻有香。雖坐無蘭之室，若依倩女之魂。是法也，而情在其中矣。如止有此室，則以門外作退步，或往行他事，事畢而入，以無意得之者，其香更甚。此予消受蘭香之訣，秘之終身而洩於一旦，殊可惜也。

此法不止消受蘭香，凡屬有花房舍皆應若是。即焚香之室亦然，久坐其間，與未嘗焚香者等也。門上布簾必不可少，護持香氣全賴乎此。若止靠門扇開閉，則門開盡洩，無復一線之留矣。

水仙

水仙一花，予之命也。予有四命，各司一時：春以水仙、蘭花為命，夏以蓮為命，秋以秋海棠為命，冬以蠟梅為命。無此四花，是無命也；一季缺予一花，是奪予一季之命也。

水仙以秣陵為最，予之家於秣陵，非家秣陵，家於水仙之鄉也。記丙午之春，先以度歲無資，衣囊質盡，迨水仙開時則為強弩之末[23]，索一錢不得矣。欲購無資，家人曰：「請已之。一年不看此花，亦非怪事。」予曰：「汝欲奪吾命乎？寧短一歲之壽，勿減一歲之花。且予自他鄉冒雪而歸，就水仙也，不看水仙，是何異於不返金陵，仍在他鄉卒歲乎？」家人不能止，聽予質簪珥[24]購之。予之鍾愛此花，非痂癖也。其色其香，其莖其葉，無一不異群葩，而予更取其善媚。婦人中之面似桃，腰似柳，豐如牡丹芍藥，而瘦比秋菊海棠者，在在有之。若如水仙之淡而多姿，不動不搖而能作態者，吾實未之見也。以「水仙」二字呼之，可謂摹寫殆盡。使吾得見命名者，必頹然下拜。

不特金陵水仙為天下第一，其植此花而售於人者，亦能司造物之權：欲其早則早，命之遲則遲，購者欲於某日開，則某日必開，未嘗先後一日。及此花將謝，又

23強弩之末：強弓所發射的箭，到了盡頭已沒什麼穿透力了。比喻強大的勢力已經衰竭，無法再發揮效用。

24簪珥：指髮簪和耳飾，是古代僅有高貴的婦女能配戴的首飾。

以遲者繼之，蓋以下種之先後，為先後也。至買就之時，給盆與石而使之種，又能隨手布置即成畫圖，皆風雅文人所不及也。豈此等末技，亦由天授，非人力耶？

菊

菊花者，秋季之牡丹、芍藥也。種類之繁衍同，花色之全備同，而性能持久復過之。從來種植之書，是花皆略，而敘牡丹、芍藥與菊者獨詳。人皆謂三種奇葩可以齊觀等視，而予獨判為兩截，謂有天工、人力之分。何也？牡丹、芍藥之美，全仗天工非由人力。植此二花者，不過冬溉以肥，夏澆為濕，如是焉止矣。其開也，爛漫芬芳，未嘗以人力不勤，略減其姿而稍儉其色。

菊花之美，則全仗人力微假天工。藝菊之家，當其未入土也，則有治地釀土之勞；既入土也，則有插標記種之事。是萌芽未發之先，已費人力幾許矣。迨分秧植定之後，勞瘁萬端，復從此始。防燥也，慮濕也，摘頭也，掐葉也，芟蕊也，接枝也，捕蟲掘蚓以防害也，此皆花事未成之日，竭盡人力以俟天工者也。即花之既開，亦有防雨避霜之患，縛枝繫蕊之勤，置盞引水之煩，染色變容之苦，又皆以人力之有餘，補天工之不足者也。為此一花，自春徂秋，自朝迄暮，總無一刻之暇。必如是，其為花也，始能豐麗而美觀，否則同於婆娑野菊，僅堪點綴疏籬而已。若是，則菊花之美，非天美之，人美之也。人美之而歸功於天，使與不費辛勤之牡丹、芍藥齊觀等視，不幾恩怨不分，而公私少辨乎？吾知斂翠凝紅而為沙中偶語者，必花神也。

自有菊以來，高人、逸士無不盡吻揄揚，而予獨反其說者，非與淵明作敵國。藝菊之人，終歲勤動，而不以勝天之力予之，是但知花好，而昧所從來。飲水忘源，並置汲者於不問，其心安乎？是前題詠諸公皆若是也。予創是說，為秋花報本，乃深於愛菊，非薄之也。

予嘗觀老圃之種菊，而慨然於修士之立身與儒者之治業。使能以種菊之無逸者礪其身心，則焉往而不為聖賢？使能以種菊之有恆者攻吾舉業，則何慮其不掇青紫[25]？乃士人愛身愛名之心，終不能如老圃之愛菊，奈何！

25青紫：本指綁在官印上的青綬、紫綬，後指高官顯爵；或原為古代高官服飾的顏色，後引申為官服。

衆卉第四

草木之類，各有所長，有以花勝者，有以葉勝者。花勝，則葉無足取，且若贅疣，如葵花、蕙草之屬是也；葉勝，則可以無花，非無花也，葉即花也，天以花之丰神色澤歸並於葉而生之者也。不然，綠者葉之本色，如其葉之，則亦綠之而已矣，胡以為紅，為紫，為黃，為碧，如老少年、美人蕉、天竹、翠雲草諸種，備五色之陸離，以娛觀者之目乎？即其青之綠之，亦不同於有花之葉，另具一種芳姿。是知樹木之美，不定在花；猶之丈夫之美者，不專主於有才，而婦人之醜者，亦不盡在無色也。觀群花令人修容，觀諸卉則所飾者不僅在貌。

竹木第五

竹木者何？樹之不花者也。非盡不花，其見用於世者，在此不在彼，雖花而猶之弗花也。花者，媚人之物，媚人者損己，故善花之樹多不永年，不若椅桐梓漆之樸而能久。然則樹即樹耳，焉如花為？善花者曰：「彼能無求於世則可耳，我則不然。雨露所同也，灌溉所獨也；土壤所同也，肥澤所獨也。子不見堯之水、湯之旱乎？如其雨露或竭，而土不能滋，則奈何？盍舍汝所行而就我？」不花者曰：「是則不能，甘為竹木而已矣。」

竹

俗云：「早間種樹，晚上乘涼。」喻詞也。予於樹木中求一物以實之，其惟竹乎！種樹欲其成蔭，非十年不可，最易活者莫如楊柳，求其蔭可蔽日，亦須數年。惟竹不然，移入庭中，即成高樹，能令俗人之舍，不轉盼而成高士之廬。神哉此君，真醫國手也！

種竹之方，舊傳有訣，云：「種竹無時，雨過便移，多留宿土，記取南枝。」予悉試之，乃不可盡信之書也。三者之內，惟一可遵，「多留宿土」是也。移樹最忌傷根，土多則根之盤曲如故，是移地而未嘗移土，猶遷人者並其臥榻而遷之，其人醒後尚不自知其遷也。若俟雨過方移，則沾泥帶水，有幾許未便。泥濕則鬆，水沾則濡，我欲留土，其如土濕而蘇，隨鋤隨散之，不可留何？且雨過必晴，新移之竹，曬則葉捲，一捲即非活兆矣。予易其詞，曰：「未雨先移。」天甫陰而雨猶未下，乘此急移，則宿土未濕，又復帶潮，有如膠似漆之勢，我欲多留，而土能隨我，先據一籌之勝矣。且栽移甫定而雨至，是雨為我下，坐而受之，枝葉根本，無一不沾滋潤之利。最忌者日，而日不至；最喜者雨，而雨即來；無所忌而投以喜，未有不欣欣向榮者。此法不止種竹，是花是木皆然。

至於「記取南枝」一語，尤難遵奉。移竹移花，不易其向，向南者仍使向南，自是草木之幸。然移草木就人，當隨人便，不能盡隨草木之便。無論是花是竹，皆有正面、有反面，正面向人，反面向空隙，理也。使記南枝而與人相左，猶娶新婦進門，而聽其終年背立，有是理乎？故此語只當不說，切勿泥之。總之，移花種竹只有四字當記：「宜陰忌日。」是也。瑣瑣繁言，徒滋疑擾。

頤養部

行樂第一

傷哉！造物生人一場，為時不滿百歲。彼夭折之輩無論矣，姑就永年者道之，即使三萬六千日盡是追歡取樂時，亦非無限光陰，終有報罷之日。況此百年以內，有無數憂愁困苦、疾病顛連、名韁利鎖、驚風駭浪，阻人燕遊；使徒有百歲之虛名，並無一歲二歲享生人應有之福之實際乎！又況此百年以內，日日死亡相告，謂先我而生者死矣，後我而生者亦死矣，與我同庚比算、互稱弟兄者又死矣。噫！死是何物？而可知凶不諱，日令不能無死者驚見於目而怛聞於耳乎！

是千古不仁，未有甚於造物者矣。雖然，殆有說焉。不仁者，仁之至也。知我不能無死而日以死亡相告，是恐我也；恐我者，欲使及時為樂，當視此輩為前車也。康對山[1]構一園亭，其地在北邙山[2]麓，所見無非丘隴。客訊之曰：「日對此景，令人何以為樂？」對山曰：「日對此景，乃令人不敢不樂。」達哉斯言！予嘗以銘座右。茲論養生之法，而以行樂先之；勸人行樂，而以死亡怵之，即祖是意。欲體天地至仁之心，不能不蹈造物不仁之跡。

養生家授受之方，外藉藥石，內憑導引，其藉口頤生[3]而流為放辟邪侈者，則曰「比家」。三者無論邪正，皆術士之言也。予係儒生，並非術士。術士所言者術，儒家所憑者理。〈魯論・鄉黨〉一篇，半屬養生之法。予雖不敏，竊附於聖人之徒，不敢為誕妄不經之言以誤世。有怪此卷以頤養命名而覓一丹方不得者，予以空疏謝之。又有怪予著〈飲饌〉一篇而未及烹飪之法，不知醬用幾何，醋用幾

1 康對山：康海，字德涵，號對山。明陝西武功人。

2 北邙山：地名，今河南洛陽。然因漢魏以來，王侯公卿的墓地多位於此處，故後泛指墓地。

3 頤生：養生之意。

何，醢椒、香辣用幾何者。予曰：「果若是，是一庖人而已矣，烏足重哉！」人曰：「若是，則《食物志》、《尊生箋》、《衛生錄》等書，嘗何以備列此等？」予曰：「是誠庖人之書也。士各明志，人有弗為。」

貴人行樂之法

人間至樂之境，惟帝王得以有之；下此則公卿將相，以及群輔百僚，皆可以行樂之人也。然有萬幾在念，百務縈心，一日之內，除視朝聽政、放衙理事、治人事神、反躬修己之外，其為行樂之時有幾？曰：不然。樂不在外而在心。心以為樂，則是境皆樂；心以為苦，則無境不苦。身為帝王，則當以帝王之境為樂境；身為公卿，則當以公卿之境為樂境。凡我分所當行，推諉不去者，即當擯棄一切悉視為苦，而專以此事為樂。謂我為帝王，日有萬幾之冗，其心則誠勞矣，然世之豔慕帝王者，求為片刻而不能，我之至勞，人之所謂至逸也。為公卿將相、群輔百僚者，居心亦復如是，則不必於視朝聽政、放衙理事、治人事神、反躬修己之外，別尋樂境，即此得為之地，便是行樂之場。一舉筆而安天下，一矢口而遂群生，以天下群生之樂為樂，何快如之？若於此外稍得清閒，再享一切應有之福，則人皇可比玉皇，俗吏竟成仙吏，何蓬萊三島之足羨哉！此術非他，蓋用吾家老子「退一步」法。以不如己者視己，則日見可樂；以勝於己者視己，則時覺可憂。

從來人君之善行樂者，莫過於漢之文、景；其不善行樂者，莫過於武帝。以文、景於帝王應行之外，不多一事，故覺其逸；武帝則好大喜功，且薄帝王而慕神仙，是以徒見其勞。人臣之善行樂者，莫過於唐之郭子儀；而不善行樂者，則莫如李廣。子儀既拜汾陽王，志願已足，不復他求，故能極欲窮奢，備享人臣之福；李廣則恥不如人，必欲封侯而後已，是以獨當單于，卒致失道後期而自剄。故善行樂者，必先知足。二疏[4]云：「知足不辱，知止不殆。」不辱不殆，至樂在其中矣。

4 二疏：指漢宣帝時名臣疏廣與兄子受，均以年老乞致仕，時人賢之。歸日，送者車數百輛，設阻道供張東都門外，每日以與賓客行樂為事。

富人行樂之法

勸貴人行樂易，勸富人行樂難，何也？財為行樂之資，然勢不宜多，多則反為累人之具。華封人祝帝堯富壽多男，堯曰：「富則多事。」華封人曰：「富而使人分之，何事之有？」由是觀之，財多不分，即以唐堯之聖、帝王之尊，猶不能免多事之累，況德非聖人而位非帝王者乎？陶朱公屢致千金、屢散千金，其致而必散，散而復致者，亦學帝堯之防多事也。茲欲勸富人行樂，必先勸之分財；勸富人分財，其勢同於拔山超海，此必不得之數也。財多則思運，不運則生息不繁；然不運則已，一運則經營慘淡，坐起不寧，其累有不可勝言者。財多必善防，不防則為盜賊所有，而且以身殉之；然不防則已，一防則驚魂四繞，風鶴皆兵，其恐懼觳觫之狀，有不堪目睹者。且財多必招忌，語云：「溫飽之家，眾怨所歸。」以一身而為眾射之的，方且憂傷慮死之不暇，尚可與言行樂乎哉？甚矣！財不可多，多之為累一至此也。

然則富人行樂，其終不可冀乎？曰：不然。多分則難，少斂則易。處比戶可封之世，難於售恩；當民窮財盡之秋，易於見德。少課錙銖之利，窮民即起頌揚；

略蠲升斗之租，貧佃即生歌舞。本償而子息未償，因其貧也而貫之，一券才焚，即噪馮驩之令譽；賦足而國用不足，因其匱也而助之急，公偶試，即來卜式[5]之美名。果如是，則大異於今日之富民，而又無損於本來之故我。覬覦者息而仇怨者稀，是則可言行樂矣。其為樂也，亦同貴人，可不必於持籌握算之外別尋樂境，即此寬租減息、仗義急公之日，聽貧民之歡欣讚頌，即當兩部鼓吹；受官司之獎勵稱揚，便是百年華袞[6]。榮莫榮於此，樂亦莫樂於此矣。

至於悅色娛聲、眠花藉柳、構堂建廈、嘯月嘲風諸樂事，他人欲得，所患無資，業有其資，何求弗遂？是同一富也，昔為最難行樂之人，今為最易行樂之人。即使帝堯不死，陶朱[7]現在，彼丈夫也，我丈夫也，吾何畏彼哉？去其一念之刻而已矣。

5卜式：以畜牧致大富，在漢武帝與匈奴開戰而國用不足時，多次私人捐款，乃被任為中郎，後升至御史大夫。

6華袞：古代貴族的華美禮服，以示極高的榮寵。

7陶朱：春秋時，越國大夫范蠡的別稱，同越王勾踐滅吳後，因越王無法共安樂而棄官遠去，居於陶，稱朱公，以經商致巨富。

貧賤行樂之法

窮人行樂之方，無他秘巧，亦止有退一步法。我以為貧，更有貧於我者；我以為賤，更有賤於我者；我以妻子為累，尚有鰥寡孤獨[8]之民，求為妻子之累而不能者；我以胼胝為勞，尚有身繫獄廷，荒蕪田地，求安耕鑿之生而不可得者。以此居心，則苦海盡成樂地。如或向前一算，以勝己者相衡則片刻難安，種種桎梏幽囚之境出矣。

一顯者旅宿郵亭，時方溽暑，帳內多蚊，驅之不出，因憶家居時堂寬似宇，簟冷如冰，又有群姬握扇而揮，不復知其為夏，何遽困厄至此！因懷至樂，愈覺心煩，遂致終夕不寐。一亭長露宿階下，為眾蚊所嘬，幾至露筋，不得已而奔走庭中，俾四體動而弗停，則嘬人者無由廁足；乃形則往來僕僕，口則讚嘆囂囂，一似苦中有樂者。顯者不解，呼而訊之，謂：「汝之受困，什伯於我，我以為苦，而汝以為樂，其故維何？」亭長曰：「偶憶某年，為仇家所陷，身繫獄中。維時亦當暑月，獄卒防予私逸，每夜拘攣手足，使不得動搖，時蚊蚋[9]之繁，倍於今夕，聽其自嘬，欲稍稍規避而不能，以視今夕之奔走不息，四體得以自如者，奚啻仙凡人鬼之別乎！以昔較今，是以但見其樂，不知其苦。」顯者聽之，不覺爽然自失。此即窮人行樂之秘訣也。

不獨居心為然，即鑄體煉形亦當如是。譬如夏日苦炎，明知為室廬卑小所致，偏向驕陽之下來往片時，然後步入室中，則覺暑氣漸消，不似從前酷烈；若畏其湫隘而投寬處納涼，及至歸來，炎蒸又加十倍矣。冬月苦冷，明知為牆垣單薄所致，故向風雪之中行走一次，然後歸廬返舍，則覺寒威頓減，不復凜冽如初；若避此荒涼而向深居就燠，及其再入，戰慄又作何狀矣。由此類推，則所謂退步者，無地不有，無人不有。想至退步，樂境自生。予為兩間第一困人，其能免死於憂，不枯槁於迍邅[10]蹭蹬[11]者，皆用此法。又得管城一物，相伴終身，以掃千軍則不足，以除萬慮則有餘。然非善作退步，即楮墨亦能困人。想虞卿[12]著書，亦用此法，我能公世，彼特秘而未傳耳。

8鰥寡孤獨：老而無妻曰鰥，老而無夫曰寡，老而無子曰孤，幼而無父曰獨。
9蚊蚋：蚊子。

10迍邅：指因外境不利而有所困頓。
11蹭蹬：失意之意。
12虞卿：戰國時越國人，主張連橫抗秦，後困於梁在愁苦中著書。

由亭長之說推之，則凡行樂者，不必遠引他人為退步，即此一身，誰無過來之逆境？大則災凶禍患，小則疾病憂傷。「執柯伐柯，其則不遠。」取而較之，更為親切。凡人一生，奇禍大難，非特不可遺忘，還宜大書特書，高懸座右。其裨益於身者有三：孽由己作，則可知非痛改，視作前車；禍自天來，則可止怨釋尤，以弭後患；至於憶苦追煩，引出無窮樂境，則又警心惕目之餘事矣。

如曰省躬罪己，原屬隱情，難使他人共睹，若是則有包含韞藉之法；或止書罹患之年月，而不及其事；或別書隱射之數語，而不露其詳；或撰作一聯一詩，懸掛起居親密之處，微寓己意，不使人知，亦淑慎[13]其身之妙法也。此皆湖上笠翁瞞人獨做之事，筆機所到，欲諱不能，俗語所謂：「不打自招」者，非乎？

春季行樂之法

人有喜怒哀樂，天有春夏秋冬。春之為令，即天地交歡之候，陰陽肆樂之時也。人心至此，不求暢而自暢，猶父母相親相愛則兒女嬉笑自如，睹滿堂之歡欣，

13淑慎：賢良謹慎之意。

即欲向隅而泣，泣不出也。

然當春行樂，每易過情，必留一線之餘春，以度將來之酷夏。蓋一歲難過之關，惟有三伏，精神之耗，疾病之生，死亡之至，皆由於此。故俗話云：「過得七月半，便是鐵羅漢」，非虛語也。思患預防，當在三春行樂之時，不得縱欲過度而先埋伏病根。花可熟觀，鳥可傾聽，山川雲物之勝可以縱遊，而獨於房慾之事略存餘地。蓋人當此際，滿體皆春。春者，洩盡無遺之謂也。草木之春，洩盡無遺而不壞者，以三時皆蓄，而止候洩於一春，過此一春，又皆蓄精養神之候矣。人之一身，能保一時盡洩，而三時皆不洩乎？盡洩於春，而又不能不洩於夏，雖草木不能不枯，況人身之浮脆[14]者乎？欲留枕席之餘歡，當使遊觀之盡致。何也？分心花鳥，便覺體有餘閒，並力閨幃，易致身無寧刻。然予所言，皆防已甚之詞也。若使杜情而絕欲，是天地皆春而我獨秋，焉用此不情之物，而作人中災異乎？

14浮脆：空虛、脆弱。

夏季行樂之法

酷夏之可畏，前幅雖露其端，然未盡暑毒之什一也。使天只有三時而無夏，則人之死也必稀，巫醫僧道之流皆苦飢寒而莫救矣。止因多此一時，遂覺人身叵測，常有朝人而夕鬼者。《戴記》云：「是月也，陰陽爭，死生分。」危哉斯言！令人不寒而慄矣。凡人身處此候，皆當時時防病，日日憂死。防病憂死，則當刻刻偷閒以行樂。從來行樂之事，人皆選暇於三春，予獨息機[15]於九夏。

以三春神旺，即使不樂，無損於身；九夏則神耗氣索，力難支體，如其不樂，則勞神役形，如火益熱，是與性命為讎矣。《月令》以仲冬為閉藏。予謂天地之氣，閉藏於冬；人身之氣，當令閉藏於夏。試觀隆冬之月，人之精神愈寒愈健，較之暑氣鑠人，有不可同年而語者。凡人苟非民社繫身、飢寒迫體、稍堪自逸者，則當以三時行事，一夏養生。過此危關，然後出而應酬世故，未為晚也。

追憶明朝失政以後，大清革命之先，予絕意浮名，不干寸祿，山居避亂，反

15 息機：澆熄機心、適當休息之意。

以無事為榮。夏不謁客，亦無客至，匪止頭巾不設，並衫履而廢之。或裸處亂荷之中，妻孥覓之不得；或偃臥長松之下，猿鶴過而不知。洗硯石於飛泉，試茗奴以積雪；欲食瓜而瓜生戶外，思啖果而果落樹頭，可謂極人世之奇聞，擅有生之至樂者矣。後此，則徙居城市，酬應日紛，雖無利欲薰人，亦覺浮名致累。

計我一生，得享列仙之福者僅有三年。今欲續之，求為閏餘[16]而不可得矣。傷哉，人非鐵石，奚堪磨杵作針？壽豈泥沙，不禁委塵入土。予以勸人行樂，而深悔自役其形。噫！天何惜於一閒，以補富貴榮膴之不足哉？

秋季行樂之法

過夏徂秋，此身無恙，是當與妻孥慶賀重生，交相為壽者矣。又值炎蒸初退，秋爽媚人，四體得以自如，衣衫不為桎梏，此時不樂，將待何時？況有阻人行樂之二物，非久即至。二物維何？霜也，雪也。霜雪一至則諸物變形：非特無花，亦且少葉；亦時有月，難保無風。

16 閏餘：指閏月。

若謂，「春宵一刻值千金」，則秋價之昂宜增十倍。有山水之勝者，乘此時蠟屐[17]而遊，不則當面錯過。何也？前此欲登而不可，後此欲眺而不能，則是又有一年之別矣。有金石之交者，及此時朝夕過從，不則交臂而失。何也？褦襶[18]阻人於前，咫尺有同千里；風雪欺人於後，訪戴何異登天？則是又負一年之約矣。至於姬妾之在家，一到此時，有如久別乍逢，為歡特異。何也？暑月汗流，求為盛妝而不得，十分嬌豔惟四五之僅存；此則全副精神，皆可用於青鬟翠黛之上。久不睹而今忽睹，有不與遠歸新娶同其燕好者哉？

為歡節慾，視其精力短長，總留一線之餘地。能行百里者，至九十而思休；善登浮屠者，至六級而即下。此房中秘術，請為少年場授之。

冬季行樂之法

冬天行樂，必須設身處地，幻為路上行人，備受風雪之苦，然後回想在家，

17蠟屐：以蠟塗屐，典故出自《世說新語》，後來引申為悠閒且無所做為的生活。

18褦襶：夏天用來遮陽的斗笠，後指不明曉事理，不懂事。

則無論寒燠晦明，皆有勝人百倍之樂矣。嘗有畫雪景山水，人持破傘或策蹇驢，獨行古道之中，經過懸崖之下，石作猙獰之狀，人有顛蹶之形者。此等險畫，隆冬之月，正宜懸挂中堂。主人對之，即是禦風障雪之屏，暖胃和衷之藥。若楊國忠之肉屏[19]，黨太尉之羊羔美酒，初試或溫，稍停則奇寒至矣。

善行樂者，必先作如是觀，而後繼之以樂，則一分樂境，可抵二三分，五七分樂境，便可抵十分十二分矣。然一到樂極忘憂之際，其樂自能漸減，十分樂境，只作得五七分，二三分樂境，又只作得一分矣。須將一切苦境又復從頭想起，其樂之漸增不減又復如初。此善討便宜之第一法也。譬之行路之人，計程共有百里，行過七八十里，所剩無多，然無奈望到心堅，急切難待，種種畏難怨苦之心出矣。但一回頭，計其行過之路數，則七八十里之遠者可到，況其少而近者乎？譬如此際止行二三十里，尚餘七八十里，則苦多樂少，其境又當何如？此種想念，非但

19肉屏：唐玄宗時外戚楊國忠當政，其行事極為奢靡，冬天常選身材豐滿之婢妾，讓她們並排於前，用人氣相暖以擋寒風，又稱肉陣。

可為行樂之方，凡居官者之理繁治劇，學道者之讀書窮理，農工商賈之非勞即勤，無一不可倚之為法。噫！人之行樂何與於我，而我為之嗓敝舌焦、手腕幾脫。是殆有媚人之癖，而以楮墨代脂韋[20]者乎？

隨時即景就事行樂之法

行樂之事多端，未可執一而論。如，睡有睡之樂，坐有坐之樂，行有行之樂，立有立之樂，飲食有飲食之樂，盥櫛有盥櫛之樂，即袒裼裸裎、如廁便溺，種種穢褻之事，處之得宜亦各有其樂。苟能見景生情，逢場作戲，即可悲可涕之事亦變歡娛；如其應事寡才，養生無術，即徵歌選舞之場亦生悲戚。茲以家常受用，起居安樂之事，因便制宜，各存其說於左。

●睡

有專言法術之人，遍授養生之訣，欲予北面事之。予訊益壽之功，何物稱最？

20脂韋：油脂和軟皮。

頤生之地，誰處居多？如其不謀而合，則奉為師，不則友之可耳。其人曰：「益壽之方，全憑導引；安生之計，惟賴坐功。」予曰：「若是，則汝法最苦，惟修苦行者能之。予懶而好動且事事求樂，未可以語此也。」其人曰：「然則汝意云何？試言之，不妨互為印證。」予曰：「天地生人以時，動之者半，息之者半。動則旦而息則暮也。苟勞之以日，而不息之以夜，則旦旦而伐之，其死也，可立而待矣。吾人養生亦以時，擾之以半，靜之以半，擾則行起坐立，而靜則睡也。如其勞我以經營，而不逸我以寢處，則岌岌乎殆哉！其年也，不堪指屈矣。若是，則養生之訣，當以善睡居先。睡能還精，睡能養氣，睡能健脾益胃，睡能堅骨壯筋。如其不信，試以無疾之人與有疾之人合而驗之。

人本無疾而勞之以夜，使累夕不得安眠，則眼眶漸落而精氣日頹，雖未即病，而病之情形出矣；患疾之人，久而不寐，則病勢日增，偶一沉酣，則其醒也必有油然勃然之勢。是睡非睡也，藥也；非療一疾之藥，乃治百病、救萬民，無試不驗之神藥也。茲欲從事導引，併力坐功，勢必先遣睡魔，使無倦態而後可。予忍棄生平最效之藥，而試未必果驗之方哉？」其人艴然而去，以予不足教也。

予誠不足教哉！但自陳所得，實為有見而然，與強辯飾非者稍別。前人睡詩云：「花竹幽窗午夢長，此中與世暫相忘。華山處士如容見，不覓仙方覓睡方。」近人睡訣云：「先睡心，後睡眼。」此皆書本唾餘，請置弗道，道其未經發明者而已。睡有睡之時，睡有睡之地，睡又有可睡、可不睡之人，請條晰言之。由戌至卯，睡之時也；未戌而睡，謂之先時，先時者不祥，謂與疾作思臥者無異也；過卯而睡，謂之後時，後時者犯忌，謂與長夜不醒者無異也。且人生百年，夜居其半，窮日行樂，猶苦不多，況以睡夢之有餘而損宴遊之不足乎？

有一名士善睡，起必過午，先時而訪，未有能晤之者。予每過其居，必俟良久而後見。一日悶坐無聊，筆墨俱在，乃取舊詩一首，更易數字而嘲之曰：「吾在此靜睡，起來常過午；便活七十年，止當三十五。」同人見之，無不絕倒。此雖謔浪，頗關至理。是當睡之時，止有黑夜，舍此皆非其候矣。然而午睡之樂，倍於黃昏，三時皆所不宜，而獨宜於長夏。非私之也，長夏之一日，可抵殘冬之二日；長夏之一夜，不敵殘冬之半夜，使止息於夜，而不息於晝，是以一分之逸，敵四分之勞，精力幾何，其能堪此？況暑氣鑠金，當之未有不倦者。倦極而眠，猶飢之得食，渴之得飲，養生之計，未有善於此者。午餐之後，略踰寸晷，俟所食既消而後徘徊近榻。又勿有心覓睡，覓睡得睡，其為睡也不甜。必先處於有事，事未畢而忽倦，睡鄉之民自來招我。桃源、天台諸妙境原非有意造之，皆莫知其然而然者。予最愛舊詩中有「手倦拋書午夢長」一句。手書而眠，意不在睡；拋書而寢，則又意不在書，所謂莫知其然而然也。睡中三昧，惟此得之。此論睡之時也。

睡又必先擇地。地之善者有二，曰靜，曰涼。不靜之地，止能睡目，不能睡耳，耳目兩歧豈安身之善策乎？不涼之地，止能睡魂，不能睡身，身魂不附乃養生之至忌也。

至於可睡可不睡之人，則分別於「忙」、「閒」二字。就常理而論之，則忙人宜睡，閒人可以不必睡。然使忙人假寐，止能睡眼不能睡心，心不睡而眼睡，猶之未嘗睡也。其最不受用者，在將覺未覺之一時，忽然想起某事未行，某人未見，皆萬萬不可已者，睡此一覺，未免失事妨時，想到此處，便覺魂趨夢繞，膽怯心驚，較之未睡之前更加煩躁，此忙人之不宜睡也。閒則眼未闔而心先闔，心已開而眼未開；已睡較未睡為樂，已醒較未醒更樂，此閒人之宜睡也。然天地之間，能有幾個閒人？必欲閒而始睡，是無可睡之時矣。

有暫逸其心以妥夢魂之法：凡一日之中，急切當行之事，俱當於上半日告竣；

有未竣者，則分遣家人代之，使事事皆有著落，然後尋床覓枕以赴黑甜[21]，則與閒人無別矣。此言可睡之人也。而尤有喫緊一關未經道破者，則在莫行歹事。「半夜敲門不吃驚」始可於日間睡覺，不則一聞剝啄[22]，即是邏卒[23]到門矣。

●沐浴

盛暑之月，求樂事於黑甜之外，其惟沐浴乎？潮垢非此不除，濁汙非此不淨，炎蒸暑毒之氣亦非此不解。此事非獨宜於盛夏，自嚴冬避冷，不宜頻浴外，凡遇春溫秋爽，皆可借此為樂。而養生之家則往往忌之，謂其損耗元神也。吾謂，沐浴既能損身，則雨露亦當損物，豈人與草木有二性乎？然沐浴損身之說，亦非無據而云然。

予嘗試之。試於初下浴盆時，以未經澆灌之身，忽遇澎湃奔騰之勢，以熱投冷，以濕犯燥，幾類水攻。此一激也，實足以衝散元神耗除精氣。而我有法以處

21 黑甜：酣睡之意。
22 剝啄：仿敲門或下棋之聲。
23 邏卒：巡邏、逡巡的士兵。

之：慮其太激則勢在尚緩；避其太熱則利於用溫。解衣磅礴之秋，先調水性，使之略帶溫和，由腹及胸、由胸及背，惟其溫而緩也，則有水似乎無水，已浴同於未浴。俟與水性相習之後，始以熱者投之，頻浴頻投、頻投頻攪，使水乳交融而不覺，漸入佳境而莫知，然後縱橫其勢，反側其身，逆灌順澆，必至痛快其身而後已。此盆中取樂之法也。至於富室大家，擴盆為屋，注水於池者，冷則加薪，熱則去火，自有以逸待勞之法，想無俟貧人置喙也。

有鹿文化編輯部　整理

看世界的方法 099

美好生活，其實很簡單

——韓良露和李漁的「閒情偶記」

作者 韓良露
攝影、插畫 朱全斌

審訂 謝恩仁
美術設計 吳佳璘
責任編輯 施彥如

董事長 林明燕
副董事長 林良珀
藝術總監 黃寶萍
執行顧問 謝恩仁

社長 許悔之
總編輯 林煜幃
主編 施彥如
企劃編輯 魏于婷
美術編輯 吳佳璘
行政助理 陳芃妤

策略顧問 黃惠美・郭旭原・郭思敏・郭孟君
顧問 施昇輝・林子敬・謝恩仁・林志隆
法律顧問 國際通商法律事務所／邵瓊慧律師

出版 有鹿文化事業有限公司
地址 台北市信義路三段106號10樓之4
電話 02－2700－8388
傳真 02－2700－8178
網址 www.uniqueroute.com
電子信箱 service@uniqueroute.com

總經銷 紅螞蟻圖書有限公司
地址 台北市內湖區舊宗路二段121巷19號
電話 02－2795－3656
傳真 02－2795－4100
網址 www.e-redant.com

ISBN：978-986-92579-1-6
初版：二〇一六年三月三日
初版第三次印行：二〇二二年二月二十日
定價：三三〇元

國家圖書館出版品預行編目(CIP)資料

美好生活，其實很簡單—韓良露和李漁的「閒情偶寄」
韓良露—著 / 朱全斌—攝影、插畫
—初版. — 臺北市：有鹿文化，2016.3
面；公分. —（看世界的方法；099）
ISBN 978-986-92579-1-6（平裝）
855 105000462